名家寫作教室

小學生必學的 說明文寫作

周蜜蜜 著

新雅文化事業有限公司
www.sunya.com.hk

名家寫作教室
小學生必學的説明文寫作

作　　者：周蜜蜜
插　　圖：Monkey
責任編輯：陳友娣
美術設計：陳雅琳
出　　版：新雅文化事業有限公司
　　　　　香港英皇道 499 號北角工業大廈 18 樓
　　　　　電話：(852) 2138 7998
　　　　　傳真：(852) 2597 4003
　　　　　網址：http://www.sunya.com.hk
　　　　　電郵：marketing@sunya.com.hk
發　　行：香港聯合書刊物流有限公司
　　　　　香港荃灣德士古道 220-248 號荃灣工業中心 16 樓
　　　　　電話：(852) 2150 2100
　　　　　傳真：(852) 2407 3062
　　　　　電郵：info@suplogistics.com.hk
印　　刷：中華商務彩色印刷有限公司
　　　　　香港新界大埔汀麗路 36 號
版　　次：二〇一九年七月初版
　　　　　二〇二四年四月第三次印刷

ISBN: 978-962-08-7327-0
© 2019 Sun Ya Publications (HK) Ltd.
18/F, North Point Industrial Building, 499 King's Road, Hong Kong
Published in Hong Kong SAR, China
Printed in China

周蜜蜜

我常常為了推廣閱讀和寫作，到不同的學校去演講和教學，也常常聽到不少學生抱怨作文難，寫作難。這似乎是許多學生都要共同面對的問題。

作文究竟難不難？有什麼方法可以解決這樣的困難？

然而，每一個學生都需要學習和掌握語文知識，更要不斷地提升自己的寫作能力。我們不是為了作文而作文，每每寫一篇文章，其實都應該是和我們的生活有相應的關係。因此，我特別為小學生編寫的這一套叢書，希望通過一些貼近我們生活的故事，幫助小讀者學習和了解一些不同的文類，例如記敘文、說明文等等的寫作知識和方法，同時也希望能進一步開放文字的空間，讓大家享受到閱讀和創作的樂趣。

親愛的小讀者，當你看完這本書，並且根據書上的建議去思考和練習，多方發揮自己的寫作能力，那麼，我相信，作文對於你來說，就會和書中的小主人公那樣，將不再是一件艱難困擾的事情，說不定還會自然地愛上了哩。

寒假的特別任務

學校放寒假了。

這個新年前後的假期，不長也不短。以往，劉明華都是去商場玩滑冰、到郊野公園步行一下，或是看看電影，打打電子遊戲機，或是到附近的圖書館自修室溫習一下功課，找幾本好書讀讀，時間很快就過去了。但是，這次的寒假很不一樣，他和表弟李朗日、表妹李朗月有一個特別的約定，就是他們會從廣州來香港，和他一起過寒假。

本來嘛，和這對孿生的表弟妹一同度過假期，也沒有什麼特別的，他們以前也一起到過不少地方去度假，由於年齡都是差不多，彼此之間也很談得來，玩得來。但是，今年他們都升上小學五年級了，舅父說讓李朗月和李朗日到香港過寒假，主要是因為他們要學習寫說明文，而劉明華的媽媽是大學語文導師，剛

好也放假，希望她能帶領孩子們遊覽香港，同時指導一下他們學習寫作。所以，就很放心地讓朗月朗日來香港了。

有表弟表妹陪伴自己過寒假，劉明華當然高興了！而媽媽就表示，學習寫好說明文，是每一個五年級小學生必須掌握的語文技巧，但是在假期中學習，和在教室裏面上課不同，肯定會有更多的新意和趣味。香港是一個有特別的歷史，又不斷有創建發展的地方，大家可以利用假期，慢慢地走，細細地看，估計會有很多的新發現，都可以作為寫作的材料。她很樂意和他們這些「小學雞」一起，進行一個溫故知新的學習之旅。

按照約定，這個下午，媽媽就開車和劉明華到高鐵站去接李朗日和李朗月。

在路上，劉明華問：

「媽媽，説明文是很重要的嗎？」

他的媽媽說：

「説明文當然重要，在工作和生活中，我們經常都會需要有不同的説明文。」

明華又問：

「那它的特點是什麼？和其他作文有什麼不同？」

媽媽說：

「說明文是以說明為主要表達方式的文體，用來說明事物的性質、特徵、成因、功能及原理等，所以，知識性、科學性和說明性是說明文的主要特點。」

明華說：

「聽起來似乎不簡單呢，恐怕不容易寫得好吧。」

媽媽說：

「說是不簡單，但也不是很難。只要通過觀察、查詢、嘗試、閱讀有關的資料資訊等方式，盡可能多地了解事物，然後再有條有理、清清楚楚地用文字說明事物，應該會寫得好的。」

✏️ 什麼是說明文？

　　說明文是以說明為主要表達方式，着重解說事物、闡明事理的文章。它着重說明事物的形狀、性質、成因、關係、功用等各方面的問題，讓人看了文章後，對文章中解釋或說明的對象有清晰明確的認識。這一類文章從體裁上我們稱為說明文體。

　　例如：

> 　　巴蜀地區是中國國寶大熊貓的主要產地。根據考古學家發現的大熊貓化石，推測至少八百萬年前，大熊貓就在地球上生存了，於是人們稱牠為「活化石」。因為野生大熊貓的數量非常有限，並且是中國的特有物種，所以又被稱為「國寶」。牠們主要分布在四川的邛崍山、大小相嶺和大小涼山一帶，也有少量分布在陝西和甘肅。

　　以上的例子，明確地指出巴蜀地區是中國「國寶」大熊貓的主要出產地，也說明了大熊貓在歷史上，以及現在的生存狀況，還有目前分布的地方。

水

　　水，是生存和生活的必需品，是我們每天都離不開的：

　　口渴了，需要喝水；清洗衣服、洗澡，也需要水；洗米、洗菜和煮飯，更需要水……

舉例說明水的重要用途。

　　其實，世間萬物，無論是動物還是植物，也需要水的灌溉和滋潤。

　　我的祖父告訴我，在歷史上，香港有過嚴重的缺水時期，政府要實施限水令，市民每天要在限定的時間內，才可以取水和用水，苦不堪言，也是因為如此，人人倍加珍惜用水。

以歷史上的教訓，說明水的重要。

　　但是，今天的人們卻往往忘記了要保護水資源，不自覺地浪費食水和用水。一些工廠和企業，不負責任地把工業廢物、污水排入河塘，造成了食用水的污染。還有一些居民，隨手把臭氣熏天的垃圾，扔掉在河道，令河水變得又臭又髒，其結果是十分危險的！

　　如果河中的魚蝦，喝了被污染的髒水，就會死去。而人類如果食用這樣的污水，就會患病，損害健康。更嚴重的是，如果水的資源都被污染了，人和所有生物的生存都會受到威脅，後果不堪設想，日後可能會因無法得到安全、乾淨的水而難以生存。所以我們一定要對節約用水，保護水資源的問題多加關注，並且要齊心協力，做得更好。

鼓勵節約用水，保護水資源。

作者用簡潔的文字，生活中的事例，歷史上的教訓以及淺白的道理，說明節約用水，保護水資源的重要和必要，令讀者對這些問題有明確的認識。

 # 好詞佳句摘錄

 好詞

- **温故知新**：温習舊的知識，能得到新的體會和理解。
- **苦不堪言**：痛苦得無法用言語來形容和表達。
- **臭氣熏天**：形容惡臭瀰漫，使人很難受。
- **不堪設想**：比喻事情壞到極點。
- **齊心協力**：心思、想法一致，共同努力。

 佳句

- 根據考古學家發現的大熊貓化石，推測至少八百萬年前，大熊貓就在地球上生存了，於是人們稱牠為「活化石」。

- 因為野生大熊貓的數量非常有限，並且是中國的特有物種，所以又被稱為「國寶」。

- 世間萬物，無論是動物還是植物，也需要水的灌溉和滋潤。

- 我們一定要對節約用水，保護水資源的問題多加關注，並且要齊心協力，做得更好。

寫作小練習

試以「愛護環境，人人有責」為題材，寫一篇說明文。

2 表兄弟妹相見歡

「姑媽好！表哥好！」

「日日、月月好！」

李朗日和李朗月兩兄妹，從一大批剛剛到達的乘客中走出來，就像是開籠放出的小鳥，飛撲到劉明華與他媽媽的身邊。

他們高興地互相問好和擁抱，親熱得無分彼此。

事實上，劉明華和李朗日、李朗月都是同年出生的，只不過劉明華比李朗日大一個月，而李朗日比李朗月大五分鐘而已。三個人聚在一起，總有說不完的話題。

「嘿嘿，你們兩兄妹又長高了，快趕上明華啦。」

媽媽笑咪咪地打量着李朗日和李朗月說。

「不會啦，表哥總是高過我一個頭，高過哥哥半個頭的。」

李朗月把劉明華和李朗日拉近到自己的兩邊，比試着說。

「你知道就好，從今天開始，多做跳高跳繩運動好了。」

李朗日對李朗月瞪着眼說。

「盡說別人，你自己不是也應該好好地做嗎？」

李朗月立刻「回敬」道，大家都笑了。

劉明華的媽媽領着三個小學生，向停車場走去。

「這個高鐵站很新啊，兩年前我們來香港，還沒有見過呢！」

李朗日一邊走，一邊向四周圍張望着說。

「這高鐵站當然新了，是 2018 年年底才落成啟用的嘛。」

劉明華說。

「我好喜歡乘高鐵，又快速又舒服，從廣州一下子就來到香港了，比以前坐的普通火車快得多啦！」

李朗月說。

「誰說不是呢！所以現代城市交通發展，都應該有這樣的高鐵！」

李朗日說。

正說着，他們來到停車場。

劉明華的媽媽讓大家上車坐好，就把汽車開動了。

當汽車開到馬路上，他們可以看見整座高鐵站的

外形，而在它的旁邊，還有一個設計特別的建築物。

「咦，這高鐵站的頂部，原來是弧形的，好像我以前也在香港見過和這有些相似的建築物……」

李朗日說。

「香港會議展覽中心！它們的設計風格確實是有相似之處的。」

劉明華說。

「咦，高鐵站旁邊那個好像燈籠形狀似的，是什麼建築啊？」

李朗月問。

「那是西九戲曲中心。」

劉明華的媽媽說。

「啊唷，香港的建設發展，真是好快啊，才兩年的時間，就有這麼多新的東西出現！」

李朗月說。

「這就叫做日新月異，你懂嗎？」

李朗日一本正經地說。

劉明華忍不住「噗哧」地笑了。

他們回到家裏，整理、休息了一會兒，劉明華的爸爸也下班回來了。大家圍坐在一起，吃一頓豐盛的

晚餐。

　　「姑媽，姑丈，我們這次來香港，已經發覺這裏有很多新的變化，可以看的、學的、寫的一定會有好多好多。但是，爸爸和老師指定我們在這個寒假中要學會寫說明文。其實我不是很分得清楚，說明文和其他文章寫作有什麼不同的。」

　　李朗日吃完飯，向劉明華的爸爸媽媽說。

　　「你很好學啊，這些問題，還是請我家的語文導師來回答吧。」

　　劉明華的爸爸說。

　　「你說的這些問題，華仔之前也有向我提過的，說明文是一種很常用的文體。」

　　於是，劉明華的媽媽對他作了很詳細的解釋。

說明文的三個特性

一般來說，說明文應該具有三個特性，就是：

1. 解說性

說明文以說明為主要表達方式，要求把事物的情況說清楚，主要是文字的解說必須直接、準確和明白。

2. 知識性

說明文一般是知識性文章，以各種知識作為寫作的內容，包括歷史、文化、社會、科技等等，也以傳授各種知識為主要目的。

3. 客觀性

說明文要將說明的對象報告給讀者，因此，敘述要做到客觀。
例如：

人工智能

「人工智能」（Artificial Intelligence，簡稱 AI）一詞早已口耳相傳，但目前對它的定義卻還未有普遍共識。簡單來說，人工智能就是研究人類如何產生智能，讓機器學習人的思考方式和行為，去解決人腦所能解決的問題。AI 技術在全世界受到了高度關注，因為它有強大的計算和高效的信息處理方式，不僅將決定未來許多工業

領域的發展，也將極大拓展人類在日常生活、社會治理、國防建設等方面的應用。

2018 年 6 月至 7 月，在一場世界人工智能圍棋大賽中，匯集了來自中、美、日、韓等多國團隊研發的頂尖人工智能圍棋程式一決高下，最終由中國隊以全勝戰績獲得冠軍。這也見證了人類創造力的又一次躍進。

中國人工智能產業近年發展迅速，依託算力算法及各項技術的研發，人工智能的產品和應用深入到各個領域，既影響了人們的生活，也改變着社會的面貌。不過，與其他國家相比，中國人工智能領域還存在着一些問題，例如人才稀缺、科研水平不足等。

以上的說明文，簡明扼要地說明了什麼是「人工智能」，以及人工智能的應用。接着以世界人工智能圍棋大賽的例子，說明人工智能的發展情況。最後更進一步將中國的人工智能科技研究與世界上的其他國家相比，客觀地指出中國的人工智能科技研究在飛躍進步中還存在着各種問題，需要解決。

佳作示例

筆

我們日常用來寫字的筆有很多種，主要是用作書寫和繪畫的工具。<u>其實在中國最早期的甲骨文字中，筆，就有「聿」這個「筆」的本字出現，意指為手握之由竹管和獸毛製作而成的軟性書寫工具。書寫後引申指書寫、書畫作品、漢字的筆畫等等。</u>隨着時代的

> 說明「筆」的起源和意思。

進展，文明的進步，科技的發明，<u>筆的種類也越來越</u><u>多</u>，包括羽毛筆、粉筆、蠟筆、墨水筆、鉛筆、炭筆、原子筆、鋼筆。功用也越來越廣泛，比如電筆、錄音筆、電腦筆、塗改筆、電子素描筆、電子閱讀筆、眉筆、唇筆、隱形水筆……五花八門，方便實用。

列舉筆的種類，說明它的特性。

　　如果能發明一種萬能筆，既小巧玲瓏，易於攜帶，又可寫字、繪畫、閱讀、掃描文件、錄音、播音、照明、探測溫度、在電腦手機上描畫文字和圖案等等，萬能萬用，一筆通行，那就非常理想了。我想當我長大以後，會朝着這個方向研究和發明的。到時也許不只我一個人，將會有很多人一齊努力，為大眾創造出更多更好用的新式科學筆。

寫作小貼士

　　作者從筆的歷史和種類說起，道出筆在生活中的作用，簡明扼要，再寫筆的未來發展願景，頗具創意和想像力。

  好詞佳句摘錄

 好詞

- **日新月異**：每日每月都有新的變化，形容進步、發展很快。

- **五花八門**：比喻花樣繁多或變化多端。

- **小巧玲瓏**：形容小而靈巧、精緻。

小學生必學的說明文寫作

- 中國人工智能產業近年發展迅速，依託算力算法及各項技術的研發，人工智能的產品和應用深入到各個領域，既影響了人們的生活，也改變着社會的面貌。

- 隨着時代的進展，文明的進步，科技的發明，筆的種類也越來越多，包括羽毛筆、粉筆、蠟筆、墨水筆、鉛筆、炭筆、原子筆、鋼筆。

- 到時也許不只我一個人，將會有很多人一齊努力，為大眾創造出更多更好用的新式科學筆。

寫作小練習

以紙張為題材，寫一段文字，說明紙的發明製造過程和紙的用途。

_____

_____

_____

_____

_____

_____

3　美麗的現代建築

　　這天一大早，劉明華就起牀了。

　　他走到客廳一看，原來表弟李朗日和表妹李朗月都起來了，正坐在椅子上操作平板電腦呢。

　　「早安！你們怎麼起得這麼早？有很多功課要做嗎？」

　　劉明華問。

　　「表哥早安！我們不是趕做功課，只是在上網查資料。」

　　李朗日和李朗月說。

　　「查資料？查什麼資料呀？」

　　劉明華追問。

　　「就是要準備寫說明文的資料啊。姑媽昨天不是說了，要寫說明文，知識性很重要的嗎？」

　　李朗日說。

「還有準確性也是必須注意的。」

李朗月補充道。

這時，劉明華的媽媽也走了出來，說：

「講得不錯，你們這種認真的態度是很好的。除了在網上搜集資料之外，還可以叫華仔帶你們去圖書館查找，必要時也可以請教不同的專家、學者。你們昨天不是對香港的高鐵很有興趣嗎？我們可以專門再去參觀考察一下的。」

「太好了！」

李朗日、李朗月和劉明華一齊說。

吃過早餐之後，他們就出發了。

他們再次來到高鐵站。

為了讓大家看清楚高鐵站所在的位置，劉明華的媽媽特地開車繞了一下路：香港高鐵西九龍站是位於香港市區西九龍，港鐵九龍站以東、柯士甸站以西。這裏佔地約十一公頃，主要設施都是在地下，總建築樓面面積達到四十萬平方米。車站外形就是仿照香港會議展覽中心的弧形屋頂設計建造的，而車站內部分為五層，由高至低分別為地面大堂、售票大廳、入境

層、離境層及月台層，可以讓抵港及離港的乘客人流分開來處理。

由於要更好地了解高鐵站的實際運作情況，他們進入高鐵站實地觀察。

「這個車站的設計真好，既有現代化的方便，又有藝術氣息的漂亮！」

李朗月不由得稱讚道。

「當然啦，我看到網上的資料說，這是全世界目前最大的高鐵站，設計是獲得世界建築節的『年度最佳未來工程基建』獎的。」

李朗日說。

「很厲害！這也可以說是我們香港的驕傲哩。」

劉明華說。

「是啊，我想我會為這個高鐵站好好地寫一篇說明文。」

李朗月點頭回應。

接着，他們從車站的大廳步入一條行人隧道，一直到達戲曲中心。

那又是另一番景象：它的入口大門，有如大舞台

　　的帷幕，令遊客或者觀眾走進去，就像是
踏上了台板那樣。而它的建築外形，很像一盞中
式的彩燈，巧妙地將傳統與現代的藝術風格相互結
合，融為一體。

　　「真好看！我很想在這裏看一齣大戲呢！」
李朗月說。

　　「切，你會看得懂、聽得明嗎？」

李朗日逗她說。

「怎麼不會？大戲就是粵劇嘛，是用我們的母語演出的。」

李朗月說。

「我也和爸爸媽媽看過京劇，正在學習普通話的我也能聽得懂的。」

劉明華說。

「那好吧，如果有精彩的武打戲，我也想看。」

李朗日說。

「嗯，我們回去和華仔的爸爸研究一下，看看這個月上演的節目，挑選適合的再購票來看吧。」

劉明華的媽媽說。

「太好啦！」

李朗月雀躍地說。

接下來，他們就在中心的餐廳「飲茶」，吃午飯。這裏的環境很舒適、雅緻，各種點心和菜餚也做得精緻而美味，人人都胃口大開，吃得十分滿足。

「這裏真好，東西這麼好吃，還充滿藝術氣氛。」

李朗日說完，打了個飽嗝。

劉明華的媽媽點點頭，說：

「你講得很好。你們也不可不知道，這個戲曲中心裏面，還有最多容納二百個座位的茶館劇場，可以讓觀眾一邊看戲，一邊喝茶。」

劉明華說：

「那太好了，可以同時大飽眼福和口福，真是一流的享受呢！」

他的媽媽說：

「這其實也是中國人的一種藝術生活傳統，在華洋共處的香港現代都市，至今還可以保留承傳，這也是一種幸福啊！」

說罷，看看手錶，時間差不多了，就帶着幾個小學生離開戲曲中心的餐廳，驅車前往中央圖書館。

車程其實不長，穿過一條過海隧道，再進入填海建造的一條繞道，很快就到達香港一個繁華的商業地區——銅鑼灣。

劉明華的媽媽把汽車停在一個商場，然後讓大家下了車，再步行穿過維多利亞公園，向對面的中央圖書館走過去。

「嘿，這個圖書館的外形也設計得很特別哩！」

李朗日仰望着說。

「這個我知道！它中間的那一個拱門，象徵『知識之門』隨時打開；建築外牆上的各種圓形、方形和三角形的幾何圖案，就是代表了天圓地方，以及知識可以累積成塔。」

劉明華說。

「表哥，你講的真有意思！」

李朗月說。接着，她又問劉明華的媽媽：

「姑媽，我還想知道，寫說明文的方法是不是只限於一種的呢？」

「不是的，說明文寫作可以用多種不同的手法。」

劉明華的媽媽說。

「真的嗎？我也想知道啊，姑媽，請您給我們講一下吧！」

李朗日說。

「好的。你們都聽着吧。」

於是，劉明華的媽媽就作了詳細的解說。

舉例說明

說明文主要是用準確的語言，結合多種說明手法，對解說的事物進行介紹和描述。常用的說明文寫作方法有很多種，首先就是舉例說明。

舉例說明，就是舉出具體、有代表性的例子，來說明事物的本質、特徵、功能等等。這種方法在說明文中最常見，因為這種方法能把抽象、複雜的事物，說得具體而通俗易懂。

在運用舉例說明的地方，通常可以見到「例如」、「比如」、「好像」、「舉例」等標示語。

例如：

> 大自然中的植物千姿百態，給人以生機勃勃，清新美麗的感覺，而且也有各種不同的特性。比如菊花象徵潔身自愛，銀杏代表古老文明，而洋紫荊是香港的市花，寓意社會繁榮，和睦相處。我特別喜歡洋紫荊這種植物，也會珍惜和愛護它。本地的市民和遊客，也懂得欣賞它，在金紫荊廣場的大型紫荊花雕塑前，經常可見到很多人在拍照留念。

以上的說明文字，以香港的洋紫荊為例，說明了植物的可觀、可賞、可愛、可珍惜之處，令人容易理解和有同感。

佳作示例

孝順父母

　　孝順父母，是每一個為人子女的責任，因為我們都是在父母的慈愛中生長起來的。是父母給了我們身體髮膚，是父母教會我們說話、走路，而且千辛萬苦、竭盡所能地把我們養育成人。

　　我記得在我六歲的時候，有一天晚上，我發起了高燒。媽媽給我吃了治療感冒的中成藥，但是我的病情並沒有好轉。當時夜已經很深了，爸爸把我背起來，和媽媽一起，馬上送我去醫院急診室。經過診斷，醫生說幸好來的早，否則就有可能會轉為肺炎。在醫院裏，爸爸媽媽輪流陪伴着我，並且給我講故事，唱催眠曲，直到我可以出院回家。他們一直細心照顧我，還要忙於上班工作，令我至今難忘。所以說，父母的愛是最偉大無私的。為此，我們都要終生孝順父母，這是理所當然的。無論在何時何地，也要全心全力地回報父母的養育之恩。

> 舉出「我」生病的例子，說明父母愛子女，子女應孝順父母。

寫作小貼士

　　圍繞孝順父母的主旨，舉出自己患病的例子，說明父母對子女之愛的深切，也道出子女應常懷感恩之心，以及孝順父母的必要。

好詞佳句摘錄

好詞

- **千姿百態**：形容姿態各種多樣，各不相同。
- **生機勃勃**：形容充滿生氣和活力，生命力旺盛。
- **和睦**：相處融洽、友愛，不爭吵。
- **千辛萬苦**：形容非常辛苦、艱難。

佳句

- 大自然中的植物千姿百態，給人以生機勃勃，清新美麗的感覺，而且也有各種不同的特性。

- 菊花象徵潔身自愛，銀杏代表古老文明，而洋紫荊是香港的市花，寓意社會繁榮，和睦相處。

- 孝順父母，是每一個為人子女的責任，因為我們都是在父母的慈愛中生長起來的。

寫作小練習

寫一種你喜歡的動物，並且舉例說明你喜歡這種動物的原因。

_____

_____

_____

圖書館內外

　　劉明華一馬當先，引領李朗日、李朗月走進中央圖書館的門口。誰都看得出，他對這裏相當熟悉。

　　但李朗日和李朗月兄妹是第一次踏足，所以感覺很新鮮，不停地抬頭向四處張望。

　　「嘩！這圖書館有好多層樓，又大又新的呢！」李朗月邊看邊說。

　　「這裏是全香港公共圖書館的中樞系統及資訊中心，為市民大眾免費提供全面的參考及資訊服務。它是在 2001 年落成啟用的，也不算太新的了。」劉明華的媽媽走過來說。

　　「我很小的時候，大約是讀幼稚園中班，媽媽就帶我來看書、借書的了。我很喜歡這裏的兒童圖書館、青少年圖書館，還有玩具圖書館。」劉明華說。

「有這麼多適合青少年兒童的設施，既可以看，又可以玩，當然開心啦！難怪表哥你這麼鍾意來這裏了。」

李朗月說。

「這裏有十二層樓，姑媽，我們現在應該上哪一層查找資料呢？」

李朗日問。

「電腦資訊中心、視聽資料圖書館、兒童多媒體資料室都可以去看看。」

劉明華的媽媽說。

「其實，我很想每一層樓都去參觀的呢！」

李朗月說。

「我也是，很想都看看。」

李朗日接着說。

「那也不難嘛，反正都有電梯可以到達的。」

劉明華指着一系列的電梯說。

「那好吧，你們注意掌握好時間，就從地下層開始參觀，十樓有一個藝術文獻閱覽室，我就在那裏等你們吧。」

劉明華的媽媽說。

於是，他們到電梯等候處排隊輪候，然後乘搭電梯到不同的樓層去。

圖書館就像是資訊和知識的寶庫，李朗月、李朗日跟着劉明華，一層樓又一層樓地參觀、探索，心情相當愉悅。

最後，他們在五樓的電腦資訊中心坐下來。這裏有三十五台已經聯網的電腦，可以供讀者進行研習、上網查資料、使用提供的軟件，以及閱覽圖書館的電子資源等。

劉明華和李朗日、李朗月兩兄妹專心致志地查看着自己所需要的資訊、資料，時間就這樣不知不覺地過去了。

當他們和劉明華的媽媽重新會合的時候，已經是接近黃昏了。

「怎麼樣？有收穫嗎？」

劉明華的媽媽問。

「很多啊！我看到了不少香港高鐵和其他交通方面的資料，可以了解得更多、更全面。」

李朗日説。

「我也找到很多香港圖書館的資料，還有一些是關於粵劇藝術的。」

李朗月説。

劉明華正要張口説話，但是他的肚子發出了「咕嚕……」的一下響聲。

「哎呀，你的肚子在搶先發聲呢。」

李朗月掩嘴笑起來。

大家都忍不住笑了。

「我想你們都餓了，應該是時候祭一下五臟啦。來，跟着我走吧。」

劉明華的媽媽説。

李朗月、李朗日和劉明華立即跟着她，走出了圖書館。

很快地，他們來到附近的一條小街。一陣陣食物的香味，撲鼻而來，人人垂涎。原來，在這條街上，有許多小食店和餐廳、麵包舖等等。

「咦，那裏有好香的雞蛋仔和格仔餅賣呢！」

李朗月差不多要跳起來説。

「看這邊，有香辣惹味的大串魚蛋！」

李朗日也叫起來了。

「車仔麵！車仔麵啊！我的口水快要流下來了！」

劉明華似乎有些失控。

「殊⋯⋯冷靜！這裏的小食有很多，但是我們不如去那一間有名的清湯牛腩粉店，坐下來再慢慢吃吧。」

劉明華媽媽對幾個經不住美味誘惑的小學生説。

他們都遵從了，馬上加快腳步，走進有許多食客光顧的清湯牛腩粉店。找到座位之後，各人坐了下來，即刻點了自己喜愛的粉來吃。

「嘖嘖，這裏的牛腩河粉味道真鮮！謝謝姑媽好介紹！」

李朗月邊吃邊説。

「這一間店是很出名的，除了本地人之外，許多遊客也會專門找上來。」

劉明華的媽媽説。

「我覺得香港的食物都很好吃，包括粥粉麵之類的。」

李朗日説。

「嗯，那你就多吃一些吧。」

劉明華的媽媽説。

「姑媽，我還想向您請教一下，昨天您講過説明文的寫作方法的一種，是舉例説明。那麼，第二種寫作方法是什麼呢？」

李朗日問。

「是定義説明。」

劉明華的媽媽説。

「哦，定義説明，我記住了。具體是怎麼樣的呢？」

李朗日再問。

劉明華的媽媽便進行詳細的講解。

定義說明

定義說明，就是用簡潔、明確的語言，先給要說明的事物下一個定義，揭示事物的性質，深入淺出地促使讀者對某個詞項、概念有共通的理解。比如：

香港的街頭小食 (節選)

小吃，是一種在口味上具有特定風格和特色的食品的總稱。英文寫作 Snack。在香港或粵語地區稱為小食，是就地取材，具有特定風格特色的食品，包括小型的蛋糕、魚丸、麵食等等。一般可以在街頭的小攤檔買得到，口味大眾化，價錢也不貴，但大多數都不是太講究衛生的。

⋯⋯

以上的例子，就是先對「小吃」這類食物下一個定義，再簡單明瞭地說明香港或粵語地區的小食性質和特色。

佳作示例

我愛吃山水豆腐花

豆腐花，又叫做豆花，北方人會說是豆腐腦，是由豆漿凝固之後製成的果凍或布丁狀食品，也是一種常見小食、甜點。它比豆腐嫩軟，又很光滑。除了好吃，它對身體也有營養，是健康有益的食物。在香港的食肆和街頭，都可以吃得到豆腐花。而我最愛吃的，是一種山水豆腐花。

那是在我們星期天常常去的一條行山小道旁邊的小食店內，一位店主大嬸自己親手製作的。據說是用山間的溪水加入黃豆，磨成豆漿製作而成，食材天然、有機，加上清新的山水在其中，令人吃起來感覺特別清甜嫩滑，還可以隨意加入薑粉、桂花末、黃糖漿來進食，十分可口。

我每次行完山路過，都會和爸爸媽媽一起走進大嬸的小舖子，吃一碗她做的山水豆腐花，好好地補充身體所需的水分和養分。

> 開首就對即將要說明的事物下定義。

寫作小貼士

作者先用定義說明的方法，寫出豆腐花的是豆製品及常見小食，再詳細說明其口感和有益之處，表達清晰。

好詞佳句摘錄

 好詞

- **專心致志**：一心一意，集中精神。
- **撲鼻**：氣味直撲鼻孔，形容氣味濃烈。
- **垂涎**：流口水，形容非常貪吃的樣子。
- **就地取材**：就在原地選取材料。
- **可口**：形容食品、飲料適合口味。

 佳句

- 用山間的溪水加入黃豆，磨成豆漿製作而成，食材天然、有機，加上清新的山水在其中，令人吃起來感覺特別清甜嫩滑，還可以隨意加入薑粉、桂花末、黃糖漿來進食，十分可口。

寫作小練習

用定義說明的方法，介紹一種你愛吃的食物，寫一篇短文。

5　太平山上下的歷史風雲

　　這一天，是星期六，天氣很好。

　　劉明華的媽媽一早就起來了，把劉明華和李朗月、李朗日都叫醒說：

　　「快點起來吧！今天華仔的爸爸休息，可以帶大家出去遊玩。」

　　李朗月興奮地起身拍手說：

　　「好啊！好啊！姑丈見多識廣，滿肚子都是故事，又風趣幽默，講故事繪聲繪色，我最愛聽！有他帶我們遊香港，真是最好啦！」

　　李朗日和劉明華也急急忙忙地起了牀。

　　吃過早餐以後，他們就乘上了汽車。

　　這次開車的是劉明華的爸爸。

　　「各位大小同學，我們今天的旅遊行程現在正式開始！第一站是上山頂的纜車站。」

劉明華的爸爸風趣地說。

「上山頂？爸爸，我們不是去過好多次了嗎？」

劉明華說。

「朗日朗月這次來，不是想細看香港，溫故知新嗎？山頂是香港的歷史地標，可以作為一個立足點，再放眼看四周圍的新發展嘛。」

劉明華的爸爸說。

「姑丈你講中了我的心意，上山頂我是百次也不厭，總會有新發現、新感覺的！」

李朗日高興地說。

「那就對了，我們馬上出發吧。」

劉明華的媽媽說。

「我們現在去的山頂是太平山的山頂，太平山是不是香港最高的山呢？」

李朗月問。

「如果全香港，包括香港島、九龍、新界在內，最高的是大帽山，有海拔九百五十七米高。而在香港島，最高的山就是太平山，有海拔五百五十四米高。太平山以前又叫做扯旗山。」

劉明華的爸爸說。

「扯旗山？這名字很特別，有沒有什麼傳說故事在裏頭的啊？」

李朗月很有興趣地問。

「當然有，而且很多的。我以前也聽爸爸說過。」
劉明華說。

「姑丈，您現在可以給我們講一個嗎？」

李朗日急不及待地問。

「可以啊。太平山又叫做扯旗山，傳說是因為當年有一個海盜叫張保仔的，曾經在這個山頭上設立了一個瞭望台，當海上有目標船隻經過時，就扯上一面旗，通知同黨去搶劫。後來張保仔不當海盜了，沒有人扯旗，那一帶變得太平無事。所以，人們就把這山叫做扯旗山，又叫做太平山。」

劉明華的爸爸說。

「原來這是和大海盜張保仔有關的啊，真有趣！我也看過張保仔的電視連續劇，他是個很厲害的傢伙呢！」

李朗月說。

「太平山的故事還有很多的，你有興趣的話，可以慢慢地蒐集起來。」

劉明華的媽媽說。

一會兒，他們就來到位於中環花園道的山頂纜車站。買了票，坐上了開向山頂的纜車。

這纜車是由一條巨大的光纜在上面牽引，用電腦操控，沿着軌道，從平地一直上升到山頂，或從山頂向下駛去。纜車只有兩個車廂，座位舒適，車窗明亮，可以看見外面的山景和海景。

劉明華的爸爸說：

「這纜車在二十世紀九十年代才換了新的，是全世界三條最老的山頂纜車之一，又是保養得最好的。」

「真不錯！我就是愛坐這纜車！」

李朗日望着車窗外面說。

從那裏可以看見，山的坡度很陡，纜車向上行駛的時候，人就斜斜地仰臥在座椅上，有一種很刺激的感覺。

纜車越上越高，窗外看到的景觀也越來越開闊。

　　　　　　　　圍繞在旁邊的，

　　　　　是許許多多的高聳空中

　　的建築羣，使人想到住在山上

　　的人，可以呼吸新鮮空氣，面對無敵

　海景，是多麼舒暢。

　　李朗月說：

　「姑媽，這裏多好啊！如果你們也搬到山上住，

那該多棒喲！」

　　劉明華的媽媽說：

　「我們要上班的地方離這裏比較遠，交通不是很

小學生必學的說明文寫作

方便。等我和你姑丈退休的時候再考慮吧。」

劉明華的爸爸説：

「朗月，你看到的是現在山上不斷擴建的高樓大廈，住着許多中國人。可是上個世紀二十年代以前，英國殖民統治者規定，只容許歐洲、美國人才能住到山上來。後來才逐漸開放給極少數的高等華人，山上也只有為數很少的豪宅。」

李朗日説：

「我也聽説過那段歷史，很不公平。」

劉明華的媽媽説：

「你們都知道了，要記住才好。」

正説着，纜車已經到了山頂總站，他們走下車來。

「姑媽，我想向您請教，寫説明文的第三種方法是什麼呢？」

李朗月問。

「就是引用説明。」

劉明華的媽媽答道。

 引用說明

　　引用說明，就是引用有關的文獻資料紀錄，或者是故事傳說，甚至是名詞佳句，作為文章說明的依據。這方法除了能讓文章更加可信之外，還有助於充實所要說明的內容，為文章增添文采。

　　例如故事裏引用張保仔的傳說，來解釋太平山又叫做扯旗山的依據，就是屬於引用說明。

❁ 佳作示例

太平山頂的駱駝

　　香港的山頂纜車，是在二十世紀的 1888 年建立的。在這之前，人們上山的交通工具，就是汽車。但在狹窄的山路上，就要靠人力抬轎子了。可以想見，那是極不方便又艱難的路途。

　　據說曾經有一個名叫庇利羅士的議員，從外地買了一隻駱駝，養在香港山頂上的豪宅內，只因他異想天開，竟然要把「沙漠之舟」變成「山頂之舟」，作為上、下山的交通工具之用。

> 引用山頂曾出現駱駝的傳說故事，說明當年的交通很不方便。

太平山頂有駱駝！這件奇事令周圍的人震驚，紛紛奔相走告，爭着到現場觀看，尤其是孩子們。庇利羅士先生是喜歡小孩子的，他常常讓孩子們坐上駱駝到山上玩，還讓他們在駱駝背上打獵，小孩子們都高興極了。

可惜好景不常，有一天，駱駝忽然不見了，人們到處尋找，最後在懸崖下的深淵中發現牠的屍體……

這件事情發生後不久，香港山頂纜車宣告開通了。山頂上的駱駝，成為日後的一件趣聞逸事。有一個曾經坐過駱駝的孩子，長大後把這件事情記錄下來，傳為人們茶餘飯後的笑談。

寫作小貼士

文章引用駱駝曾經在香港的太平山頂上出現，並且作為上、下山的工具的傳說故事，說明香港山頂交通發展經歷了一段不易的過程，也平添了一點奇聞樂趣。

好詞佳句摘錄

好詞

- **見多識廣**：見聞廣泛，學識淵博。
- **繪聲繪色**：形容敍述、描寫生動逼真。
- **異想天開**：想法離奇，不切實際。

- **沙漠之舟**：駱駝的別稱。
- **逸事**：正史上沒有記載、世人大多不知道的關於某人的事跡。
- **茶餘飯後**：喝茶、吃飯之後一段空閒休息的時間，泛指悠閒無事的時候。

佳句

- 他異想天開，竟然要把「沙漠之舟」變成「山頂之舟」，作為上、下山的交通工具之用。

- 這件事情發生後不久，香港山頂纜車宣告開通了。山頂上的駱駝，成為日後的一件趣聞逸事。

寫作小練習

引用一個典故或傳說，寫一篇介紹香港獅子山的說明文。

小學生必學的說明文寫作

俯看維多利亞港 的變遷

山頂上的纜車總站，是在一座現代化的大樓裏面。

這座樓有好幾層，開設了賣紀念品的商店、餐飲店、蠟像館、遊戲室等等，名為「凌霄閣」。對面還有大型的商場和噴水池。

「你們知道嗎？這地方以前有個『老襯亭』，充滿了老香港的故事。」

劉明華的爸爸説。

「老襯亭？這名字很奇怪啊，是有什麼奇怪的故事嗎？」

李朗月問。

「是這樣的，傳説很久很久以前，這裏只是一座荒山。山上只有一座孤亭。有一天，一個非常潦倒、窮得活不下去的人，獨自上山，來到這裏，準備結束

自己的生命。就在他要離開這個世界的最後一刻，他向山下望了一眼，只見萬家燈火，許多人在燈光中熙熙攘攘，營營役役，就像大海裏的潮水那樣。這時，一個念頭突然在這人的腦子中出現了，他想，山下的

芸芸眾生，裏面該有多少是老襯啊！所謂『老襯』，就是指傻瓜、笨蛋的意思。既然老襯們都可以在這美麗的城市裏面活着，為什麼我就不能活下去？老襯啊老襯，多虧你們啟發了我，也就是救了我！於是，他即刻打消了自殺的想法，跑下山去，鼓起勇氣，重新尋找出路。自此以後，『太平山上望下去——老襯多』，成為當時香港人的口頭禪，那個亭子也被叫作『老襯亭』了。」

劉明華的爸爸有聲有色地講出了這一個「奇怪」的傳說故事。「哈哈，這個故事真夠奇怪的。不過能珍惜生命，防止自殺，也很有用啊。」

李朗日笑着說。

接着，劉明華的爸爸帶大家到凌霄閣的瞭望台。

這裏視野開闊，還安裝着幾個望遠鏡，專門讓遊人從這裏眺望香港島和九龍半島兩岸的景物，還可以看到一些大大小小的離島。

劉明華指着香港和九龍中間的海港，說：

「看！這就是聞名世界的維多利亞港，現在可以一目了然啦！」

李朗月說：

「真的啊！在這裏可以看得清清楚楚！為什麼維多利亞港會這麼出名的呢？」

李朗日說：

「我知道！我看過有關的資料，說這一個海港水面寬闊，水深、浪平，冬天也不凍結。從東邊的鯉魚門到西邊的汲水門，面積約四十一平方公里，吃水深度十二米的巨大輪船，也可以在這個港口安全出入，可以說是中國第一良港，也是世界第三大海港。」

劉明華的爸爸稱讚說：

「哈哈！答得好！朗日的記性真不錯。但是你們看到嗎？我們香港島中環這邊和九龍尖沙咀之間，只有一千多米的距離，那就是香港距離九龍最狹窄的地方了。」

李朗月吃驚地說：

「怎麼？只有一千多米嗎？」

劉明華的爸爸說：

「這都是由於不斷填海的結果。因為香港地區全是島嶼和半島，平地不多，要發展就要大面積地填

海。根據一些資料統計，香港一個世紀以來，填海造地的三十多萬平方公里，已經容納了一百五十萬人，也就是香港近五分之一的人口了。」

李朗月點頭説：

「我明白了，香港人填海造地，很不簡單啊，可以媲美古代的愚公移山，精衛填海了！」

劉明華的媽媽説：

「朗月，你懂得用比喻的方法來説話，其實這也可以是寫説明文的一種方法。」

李朗日立刻追問：

「那是不是比喻説明的方法？」

劉明華的媽媽説：

「正是這樣。」

劉明華説：

「媽媽，請再向我們講解一下好嗎？」

他的媽媽説：

「嗯，好的。」

接着，就詳細地介紹了這種説明文的寫作方法。

 比喻說明

比喻說明，就是以人們熟悉的事物，來比喻和介紹要說明的對象。這種寫作方法的好處，是能把抽象的事物，述說得生動形象，具體易明。

例如故事裏的小學生李朗月，用人所熟知的「愚公移山」和「精衞填海」的典故，來比喻、說明香港人填海造地的事跡，十分形象化和生動。

✿ 佳作示例

東方夜明珠

在這個聖誕節前夕，我們一家人坐上纜車，到達山頂。

只見整座纜車總站所在的凌霄閣大樓，都布滿了美麗的聖誕燈飾，金光閃閃，奪目耀眼。

繽紛的聖誕裝飾連綿不絕，一直引領着我們走上了山頂的觀景台，四周洋溢着濃厚的節日氣氛。

在寶藍色的夜幕襯托下，五光十色的霓虹燈飾把

香港島、九龍兩岸的高樓大廈，映照得如同金堆銀砌的寶殿，彷彿是人間仙境似的。加上鐳射燈的交叉閃射，縱橫錯落的街道，就像一條條用鑽石製造的光帶，在偌大的幻彩世界中飛舞飄揚。

此時此刻，我越看越愛看，越看越喜歡：香港真不愧是東方一顆寶貴無比的明珠，而夜色中的香港，在這華麗璀璨的燈光映照之下，就好像是東方一顆最迷人的夜明珠，動人心魄。

> 將香港比喻為明珠、東方夜明珠。

寫作小貼士

作者用比喻說明的方法寫節日之夜的香港夜景，用「東方夜明珠」來比喻燈色璀璨的觀感，生動形象，令讀者一看難忘。

好詞佳句摘錄

好詞

- **熙熙攘攘**：形容人來人往，非常熱鬧。
- **金光閃閃**：光芒燦爛奪目的樣子。
- **連綿不絕**：連續不斷。
- **五光十色**：形容色彩鮮豔，式樣繁多。
- **動人心魄**：使人感動或震驚。

佳句

- 在寶藍色的夜幕襯托下，五光十色的霓虹燈飾把香港島、九龍兩岸的高樓大廈，映照得如同金堆銀砌的寶殿，彷彿是人間仙境似的。

- 縱橫錯落的街道，就像一條條用鑽石製造的光帶，在偌大的幻彩世界中飛舞飄揚。

- 香港真不愧是東方一顆寶貴無比的明珠，而夜色中的香港，在這華麗璀璨的燈光映照之下，就好像是東方一顆最迷人的夜明珠，動人心魄。

寫作小練習

　　試描述到公園遊玩時所見到的景象和事物，並用比喻說明的方法，寫一篇說明文。

_____

_____

_____

_____

7　了不起的數據

　　李朗月走到一個望遠鏡旁邊，把鏡頭對準山下的建築羣，説：

　　「等一等，我還要看一看新舊朋友們的今日面貌呢。」

　　李朗日説：

　　「切，人家都不明白你講的是什麼意思！」

　　劉明華説：

　　「我想你是指山下那些有名的大廈吧？」

　　李朗月點點頭説：

　　「對了，還是表哥聰明。」

　　劉明華的爸爸説：

　　「香港許多大型又新式的建築，都集中在灣仔至中環一帶，各有特色，的確是值得好好看的。」

　　李朗月説：

「我先看到的是這座香港滙豐銀行總行的大樓，門口那一對獅子依然是威風凜凜的守在那裏哩。」

李朗日說：

「我也看到了。獅子是用銅造的吧？」

劉明華的爸爸說：

「是的。那是仿效上海滙豐銀行的做法而設的。舊的滙豐銀行大廈早於 1886 年就已經建成，後來經過重建及改建。現時我們見到的滙豐銀行大廈，是在 1985 年建成、1986 年啟用的，它有五十二層，樓高一百七十八點八米，在當時是世界十大建築之一。從正面看，就像巨大的火箭塔，中間是玻璃幕牆，兩側是銅牆，總建築面積近十萬平方米。中間是有十一層樓高的中軸庭，兩條巨型電動扶梯扶搖直上，裏面還有一些藝術的裝飾。」

李朗月說：

「謝謝姑丈，您介紹得很詳細，特別是那些重要的數字，講得那麼清楚。」

李朗日說：

「我也很喜歡那一座中國銀行大廈，是由大名鼎

鼎的華裔設計師貝聿銘設計的，對嗎？」

劉明華的媽媽說：

「對，中國銀行大廈是在 1990 年啟用的，有七十層樓高，達三百一十五米，還有四層地下停車場，曾經是香港最高的一座大廈，被稱為現代文化和傳統文化交融的典範呢。」

李朗日說：

「貝聿銘先生真是很偉大的工程師，巴黎的羅浮宮美術館入口那座金字塔，也是他的傑作啊。可惜，他在 2019 年 5 月去世了。」

劉明華指着另一座建築物說：

「我最喜歡的是那一座和我們香港人息息相關

的香港會議展覽中心！看它的外形多麼突出，就像一隻張開翅膀即將起飛的巨大水鳥，俯瞰着維多利亞港。」

李朗月説：

「我知道，1997 年 7 月 1 日香港回歸中國的交接儀式，就是在那裏舉行的，前面還有金紫荊廣場。」

劉明華的爸爸説：

「不錯，香港會議展覽中心第二期的屋頂以鋁合金造成，面積達四萬平方呎，是全球上甚具規模的流線型屋頂。而會展第一期面海的一邊有一塊大型玻璃幕牆，在二十世紀八十年代是全世界面積最大的。現時會展的總面積超過三十萬平方米，光是展覽廳面積已有六萬六千平方米。裏面有六個展覽廳、兩個多功能廳、兩個演講廳、五十二個會議室、七間餐廳，還有可容納超過七百輛車的地下停車場等等，是亞洲數一數二的大型展覽中心。許多國際會議和展覽都在這裏舉行。」

劉明華説：

「我就最喜歡每年暑假到那裏，去看香港最大規

模的國際書展。」

這時，李朗月把望遠鏡的鏡頭轉來轉去，奇怪地問：

「咦，怎麼看不見的呢？它到哪裏去了呀？」

李朗日說：

「你到底在找什麼？」

李朗月一下子跳起來說：

「找到了，看到啦！那才是我最想念的老朋友，海洋公園的吊車啊！」

大家都笑了。

劉明華的爸爸說：

「嗯，香港海洋公園在 1977 年建成開放，佔地九十一點五萬平方米，成為全世界最受歡迎及最多入場人次的主題公園之一。園方又在 2005 年，耗資了五十五點五億港元，將全園景點及機動遊戲由原來約三十五個增加到八十個，大小朋友都愛去玩的。今天天氣好，我們就一起去走走吧。」

「太好了！」

幾個小學生一齊歡呼起來。

 數字說明

數字說明，就是用數字和圖表來寫說明文，使所要說明的事物具體化，以便讓讀者理解和加深印象。好處是運用準確的數據，能準確和科學地顯示事物的特點，增加可信性及說服力。但注意一定要準確無誤，不準確的數字絕對不能用。

故事裏也用了具體的數字，來說明香港幾個大型建築的特點，可以令人印象深刻。

另一方面，用圖表加數字來輔助說明，可使文章內容更清晰、有條理。

例如：

整體訪港旅客人數

年份	人數
2016 年	5,665 萬
2017 年	5,847 萬
2018 年	6,515 萬

從上表可見，由 2016 年至 2018 年，整體訪港旅客人數都有增加的趨勢。

 **佳作示例**

大受歡迎的昂坪 360

昂坪 360 是香港一個美麗的重要景點，這裏有透明的高空纜車，可以飽覽大嶼山的名勝。還有專業的導遊服務，帶領遊客到大澳乘坐特色小艇，穿梭大澳河涌，欣賞古老漁村及親身參觀水上棚屋，又可品嘗地道小食，細味大澳漁村風味，並且到昂坪市集吃喝玩樂，感受獨有的文化氣息、暢遊全球知名的天壇大佛、寶蓮禪寺。所以，深受本地居民和海內外遊客的歡迎。據統計，2018 年到訪昂坪 360 的人數達到一百八十三萬，比 2017 年大升七成五。2018 年平均每日到訪的賓客上升至五千三百八十五人，尤其是在港珠澳大橋通車以後，昂坪 360 的遊客數字增幅，創下了十年來的新高。

以具體數字來說明受歡迎程度。

寫作小貼士

這篇說明文用很具體的遊客數字，說明香港旅遊景點昂坪 360 大受遊客歡迎的程度，甚有說服力。

好詞佳句摘錄

 好詞

- **威風凜凜**：形容氣勢逼人，令人敬畏。
- **大名鼎鼎**：形容人的名氣、聲望很大。
- **息息相關**：比喻關係極為密切。
- **俯瞰**：由高處向下看。

 佳句

- 看它的外形多麼突出，就像一隻張開翅膀即將起飛的巨大水鳥，俯瞰着維多利亞港。

寫作小練習

　　調查你同班同學的課外閱讀情況，收集和統計每人每月的閱讀數量、閱讀時間、書本類型等，將所得的資料，寫成一篇說明文。

_____

_____

_____

8　海洋公園新奇觀

　　劉明華的爸爸帶着大家，來到了大受歡迎的香港海洋公園。他們從公園的正門走進去，門前，有一隻巨大的海馬圖案，作為公園的標誌。還有一個五彩繽紛的花圃，已經有許許多多的遊客，包括黃色、白色、黑色各種人等，紛紛聚集在這裏拍照留念。

　　「這個公園超大，有夢幻水都、亞洲動物天地、威威天地、熱帶雨林天地、動感天地、海洋天地、急流天地和冰極天地合共八個不同主題的區域哩。」

　　李朗日邊看指示牌邊說。

　　「水族館『海洋奇觀』離這裏最近，我們不如先去參觀吧，聽說又增加了不少新的海洋動物呢！」

　　李朗日提議道。

　　於是，他們按照指示的路牌，一齊走到水族館。

　　這是有樓高三層的世界級水族館「海洋奇觀」。

劉明華的爸爸說：

「你們知道嗎？這裏是全東亞最大型的水族館，擁有全世界最大的水族館圓頂天窗，讓遊客可以從多個角度觀賞超過四百個品種、五千多條的魚類。」

「嘩！好厲害啊！」

李朗月、李朗日和劉明華一齊叫道。

他們即時睜大了眼睛，全神貫注地向水族缸內觀望着。只見水中有大大小小的魚在游動，巨型的有人的身體那麼長，小的就和家庭魚缸養的熱帶魚差不多，品種多不勝數，顏色鮮豔，圖案奇特。

「嘩！有大鯊魚啊！看牠那麼多尖利的牙齒，很兇猛！很刺激呀！」

李朗月走到另一邊廂，興奮地指點着、叫喊着。

大家一起看過去，只見有一種鯊魚，頭大大的，形狀方方的，有點像是個巨型的錘子。

「這種鯊魚叫做槌頭鯊，是近年才在這裏展出的。」

劉明華的爸爸解釋說。

他們繼續觀望，看到水族箱周圍還有不少奇形怪

狀的、色彩繽紛的魚類，三五成羣，不時地在海面游來游去，似是在盡情地玩耍呢。

　　人看魚，魚也看人，人在欣賞魚，魚也對人好奇，常常有的魚游到玻璃旁邊來看人。還有些大魚，張開了兩片厚厚的魚唇，貼到玻璃上來，十分滑稽可笑。

　　在水族館的另一個地方，有一片很大的珊瑚礁。

據說，世界上沒有另一間水族館可以放得下這麼大的珊瑚礁。這片珊瑚礁在閃爍着藍光的海水裏，呈現出耀眼的斑斕色彩。

還有一些小海馬，在水中游來游去。鮮艷的海葵，就像美麗的花兒，伸出纖纖的、數也數不清的小手。

「哈哈，這些海葵好像舞林高手，會跳千手觀音的舞蹈呢。」

李朗月邊看邊說。

劉明華的爸爸說：

「不是的，你看真一點吧，這些海葵其實是在張牙舞爪，專門等着有小魚游過來，就把牠捉住。」

李朗日說：

「是真的，真的，我看得很清楚！」

從水族館出來，可以看到高高掛着的登山吊車。

「我們現在就去坐吊車，好嗎？」

李朗月一副急不及待的樣子。

「當然可以了，我們一起過去吊車站吧。」

劉明華的媽媽揮揮手，說。

接着，她帶着大家，穿過像過節般喜氣而擠擁着的人羣，走到空中吊車總站去。

只見一部部橢圓形的透明吊車，輪流轉過來載客。他們這一行剛好五個人，被安排上同一部吊車。

當工作人員幫助各人坐好以後，吊車關上了門，就徐徐升上空中去。

由於吊車四面都是透明的鋼塑玻璃，他們可以無遮無隔、三百六十度地觀看外面的景物。

這時候，在吊車的左邊，可以望到香港美麗的海灘——深水灣和淺水灣，還有一些紅紅綠綠的游泳者，也隱隱可見。而在比較遠的地方，就能見到中國的南海海面，景觀壯闊無比。他們從吊車俯視下面，看到藍色的是人工造的海中之海；紅的、白的是各種遊樂場所。

在明媚的陽光照耀下，木馬正在旋轉，摩天巨輪正在滾動，鞦韆盪上雲霄，驚險刺激的過山車正在橫衝直撞，令人覺得恍如進入了童話般的境地。

然而，吊車的旅程只是用了短短的幾分鐘，就到達山坡上的總站了。

李朗月有點捨不得從吊車上走下來，無奈時間有限，他們想要去看和遊玩的地方還有很多很多哩！

劉明華看了看手錶，再提醒大家說：

「哎呀，『海洋劇場』表演的時間就要到了，我們是不是都過去看看啊？」

李朗月和李朗日一齊說：

「要去！要去！馬上就過去！」

於是，他們快步趕往「海洋劇場」，去看可愛的海豚和海獅表演。

當他們到達劇場，發現有很多觀眾坐着，差不多已經全場滿座，他們幾個人很不容易才找到空的座位坐下。

不一會兒，節目表演開始了，是一個有趣的話劇《海洋奇遇》，故事講述探險家出海探索時遇上天氣突變，幸好得到海豚與海獅出動營救，人類與大海從此結下不解之緣。

擔任主角的海豚和海獅，演出都非常賣力、精彩，觀眾的喝彩聲和鼓掌聲此起彼落，充滿了整個劇場。

在回家的路上，李朗月說：

「今天我們看到香港各種各樣新奇有趣的事物和海洋動物，可以寫成不同的說明文了。」

劉明華的媽媽說：

「是的，你們也可學習用描述說明的方法來寫。」

李朗日問：

「什麼是描述說明？」

劉明華的媽媽便向他們介紹了。

描述說明

　　描述說明，就是將說明對象的現象、狀態或變化具體地描述出來。這個方法的好處是使事物活靈活現地展示出來，令一些抽象的觀念或事物也能較易認識和理解，增強對讀者的吸引力。例如：

> 　　光明女神蝶來自南美洲巴西亞馬遜河流域熱帶原始森林，是世界有名的蝴蝶，也是世界上公認最漂亮的蝴蝶。牠那鑽石般的翅膀上，閃爍着耀眼的翠綠和天藍色亮光，色彩如幻，美妙絕倫。

　　以上的例子，就是用描述說明的方法，將「光明女神蝶」這種世界有名的蝴蝶的形態、顏色，生動地呈現出來。

佳作示例

香港太空館參觀記

　　星期六，學校組織我們參觀香港太空館。

　　香港太空館坐落在美麗的尖沙咀海旁，它的設計非常獨特，半圓形的球體建築，就像雞蛋的形狀，不過，很多同學覺得它更似是一個「菠蘿包」。

描述太空館的外形。

走進去會看到，太空館有兩個常設展覽廳，分別是地下的「宇宙展覽廳」和一樓的「太空探索展覽廳」。透過有趣的互動展品和先進器材，配合燈光效果和環境布置，介紹天文及太空科技新知。

在這裏，我了解到古人類是怎樣觀察宇宙的，火箭的發展歷程，火箭的構造及太空站的建立情況等有關太空的知識，更有趣的是，我們有幸體會到在月球上漫步的感覺。當我進入了月球迷你艙，工作人員幫我穿上裝備，就開始了我的「月球之旅」。在「月球」上，我失去了重力，難以立足穩步，只能在空中飄來飄去，整個身體好像變成了一朵輕盈的白雲，在藍天中無拘無束地漫遊。據説人在月球上的重量是在地球上的六分之一，也就是説在地球有四十公斤的我，來到月球只有二十四公斤了，十分奇妙。

描述在「月球」漫步的情況。

寫作小貼士

作者以描述説明的方法，介紹了香港太空館的外貌——「半圓形的球體建築」，也用比喻説明的方法補充説明——「像雞蛋的形狀」、似是「菠蘿包」，形象具體生動。接着，又細細描述如何體驗在月球上漫步，頗有現場感。

好詞佳句摘錄

好詞

- **五彩繽紛**：形容色彩鮮艷絢麗。
- **多不勝數**：數量多到難以計算。
- **張牙舞爪**：形容猖狂兇惡的樣子。
- **橫衝直撞**：亂衝亂撞。
- **此起彼落**：這裏起來，那裏落下，形容連續不斷。
- **無拘無束**：自由而不受約束。

佳句

- 牠那鑽石般的翅膀上，閃爍着耀眼的翠綠和天藍色亮光，色彩如幻，美妙絕倫。

- 在「月球」上，我失去了重力，難以立足穩步，只能在空中飄來飄去，整個身體好像變成了一朵輕盈的白雲，在藍天中無拘無束地漫遊。

寫作小練習

　　以你去過的風景名勝地區為題材，用描述說明的方法，介紹那裏的景象。

活化的古屋

第二天是星期天，劉明華的爸爸還不用上班，他對大家説：

「我今天可以帶你們到一個不久前活化了的、有趣的地方去看看。」

李朗月和李朗日高興地説：

「好哇！謝謝姑丈！」

劉明華思疑道：

「不久之前活化了的……是什麼地方啊？」

他爸爸説：

「去到那裏，你就自然會知道的了。」

李朗月又問：

「可是，什麼叫做活化呢？」

劉明華的媽媽説：

「就是把一些老化的、舊的建築和地方改造，讓

那裏有新的用途，注入新的活力。」

李朗日説：

「那是很有環保意義的啊！也一定很有意思，我很想馬上就去看看。」

劉明華的爸爸讓大家都上了汽車，然後向着香港島的中西區方向駛去。

轉眼之間，就到達建在斜路上的古典式的建築羣，然後請各人下車。

「哦，我知道了，這是近年活化了的『大館』。」

劉明華説。

「沒錯，這裏就是香港很有名，也是十分有意義的大館當代美術館。」

劉明華的爸爸説。

「呵呵，這些古老的房子看起來還很漂亮呢。」

李朗月打量着説。

「可你們知道嗎？大館又叫『中區警署建築羣』，這裏的前身是監獄和警署。」

劉明華的媽媽説。

「真的啊？!」

李朗日和李朗月一齊驚訝道。

「是真的，走，我們進去看吧。」

劉明華的爸爸說。

他們便一起走入大門口。

只見一個很大的操場，有一些大樹，前後左右還有一系列高低不等的舊建築物，但都是已翻新了的。

李朗日說：

「這裏原來是有很寬大的場地的啊！在外面都看不出來。」

劉明華的爸爸說：

「最早的時候，在上一個世紀的 1864 年，這裏建成三層高的大樓，就是作為當時的中區警署。」

李朗月説：

「嘩，原來這樓超過一百五十歲的了。」

劉明華的爸爸説：

「是的。到了 1905 年，因警隊擴充，加建了一層樓。1919 年，另一座四層高的大樓落成。1925 年，北面那一所兩層高的軍械倉庫也建起來了。」

李朗日指着後面比較遠的建築物，問：

「那些連在一起的房屋，原先也是屬於警署嗎？」

劉明華的爸爸説：

「那裏原本是域多利監獄以及香港中央裁判司署的前身，歷史也是差不多同樣悠久的。」

李朗月説：

「監獄？聽起來像是有點嚇人啊！」

李朗日説：

「可我很想看看香港以前的監獄是怎麼樣的。」

劉明華的媽媽説：

「現在就可以進去看，據說是保留了原來的模樣，讓公眾參觀的。」

説完，就領着大家向那裏走。

他們跟隨一批參觀者進入了一個當年的監倉，現在是作為「歷史故事空間——域多利鐵窗生涯」展覽，只見一格格狹窄的監房，一覽無餘地展現出來。

李朗月説：

「嘖，這麼小，連一張人睡的牀也放不下。要在這裏度過牢獄生涯的犯人，一定很慘！」

李朗日問：

「有些什麼歷史上的名人在這裏坐過監的呢？」

劉明華的爸爸説：

「有啊，越南的國父，就是推翻法國殖民統治的越共領袖胡志明，曾經被囚禁在這裏。」

劉明華問：

「就是越南胡志明市命名紀念的那個胡志明？」

他的媽媽說：

「正是他。」

李朗日問：

「那是在什麼時候？為什麼要把他關在這裏？」

劉明華的爸爸說：

「那是先後兩次。第一次在 1931 年。胡志明他來到香港，化名『宋文初』，秘密組建越南共產黨，不慎被港府逮捕，關押於域多利監獄，等候遞解出境，引渡返回越南讓法國政府處置。由於當時香港警方逮捕胡志明沒有出示拘捕令，代表胡志明的律師為他上訴至倫敦樞密院，結果才可以無罪釋放，讓他能夠離開香港到任何地方。」

劉明華又問：

「那麼，他第二次被關在這裏，是怎麼回事？」

他的爸爸說：

「那是在 1933 年初，胡志明乘船前往新加坡，上岸後即被拘捕，遣返香港，再度囚禁於域多利監獄。後來，經過律師的請求，當時的港督貝璐同意將他釋放。」

李朗日說：

「搞革命抗爭真不容易，要受這麼多的牢獄之苦。」

劉明華的媽媽說：

「是啊，這監倉還關過一個有名的抗日詩人戴望舒，我們可以看看他住的監房。」

說完，她就領大家走到那個小小的監房。只見裏面的牆上，用幻燈映射出一首詩的字跡，就是詩人當年在這裏寫下的：

《獄中題壁》

如果我死在這裏，

朋友啊，

不要悲傷，

我會永遠地生存在你們的心上。

劉明華的爸爸說：

「這位詩人戴望舒是上海震旦大學法語系畢業的，二十三歲時發表作品，一鳴驚人。1938年日軍入侵上海，他帶着太太和女兒來到香港，擔任《星島日報》文藝副刊主編，開啟了『抗戰文學』的先河。1941年12月香港淪陷，日本人很快就以『從事抗日活動』的罪名拘捕了他，關進了這裏，還對他施以酷刑，使他身心受到極大的摧殘。但他堅強不屈，在獄中寫下了這首詩，表現出視死如歸的大無畏精神。」

李朗日說：

「真是個勇敢的英雄，太令人敬佩了！」

從監獄的展覽出來，大家都長長的舒了口氣，只見一羣羣的遊客在不同的樓房進進出出，來來去去。

劉明華說：

「這裏的每一塊石頭、每一吋土地都滲透了香港歲月的痕跡，有說不完的歷史故事呢！」

他的媽媽說：

「是的，現在都好好地保存下來了，而且還變身成為很有特色的古跡及藝術館，為香港人和海內外的

遊客帶來豐富精彩的歷史文物，以及藝術體驗，更可
以啟發、教育青少年，激發他們的想像力。」

李朗月說：

「真好啊！那邊好像還有藝術節目表演呢！我想
去看看。」

劉明華的爸爸說：

「去吧，我們一起過去看看。」

李朗日邊走邊問：

「在香港，像這樣活化的歷史古跡加文化藝術館
的地方，還有哪些呢？」

劉明華說：

「我喜歡去的饒宗頤文化紀念館。那裏在歷史上
曾有多種用途，如監獄、精神病醫院、療養院等等，
經活化後改成紀念館，環境很優美。除了有紀念國學
大師饒宗頤的博物館之外，還有許多不同的展覽、藝
術市集和演出活動。我們學校也有組織去的。」

李朗日說：

「聽起來很不錯，這些活化的歷史建築和場地都
很有吸引力的啊。我也想用這個題目來寫說明文。」

劉明華的媽媽說：

「你想得好，也可以用比較說明的方法，寫出活化後的歷史建築和一般的建築有些什麼分別。」

李朗月問：

「比較說明？是說明文的又一種寫法嗎？」

劉明華的媽媽說：

「嗯，你們也是可以學習運用的。」

比較說明

比較說明，就是將兩種類別相同或不同的事物、現象作比較，通過比較兩種事物間的異同，來說明事物的特徵。通常是用一般人熟悉的、具體的事物，去與相對陌生的、抽象的事物來比較，從而把陌生的事物介紹清楚。

比較是一種常用的邏輯方法，便於把握和了解事物的特點。採用比較說明的寫法，好處是更能突出事物的形態和特點。

例如：

美味可口的臭豆腐

你吃過臭豆腐嗎？

雖然也是豆製的食物，外形也很像普通的豆腐，但其實性質大不相同。普通的豆腐聞起來是有一種清新的豆漿味，吃起來也是清淡如水的。臭豆腐卻是經過特別的醬料發酵醃製的，聞起來臭烘烘，吃起來味道卻非常特別，油而不膩，鹹中帶甜，口感一流。

以前我很怕聞到臭豆腐的臭味，一定會皺起眉頭，遠遠地避開，奪路而逃。

後來，有一次，外婆從外面買了一盒臭豆腐到我家，請所有人吃。

在爸爸、媽媽和外婆的勸說下，我小心翼翼地用筷子夾起一塊臭豆腐，然後閉上眼睛，捏着鼻子，張口一咬——

嘩！油汁四濺，令我舌頭上的味蕾大受刺激，那臭豆腐的味道奇美得讓我說不出話來，越吃越好吃，簡直停不了。

從此以後，我愛上了聞起來很臭，吃起來非常美味的臭豆腐。還特別喜歡看人在油鍋上煎臭豆腐：黃澄澄的臭豆腐在油鍋裏來回翻動，不時地發出「滋滋滋滋」的聲音，好像在一邊盡情地跳舞，一邊快樂地唱歌。

等它變得鬆脆焦黃後，才拿出來放上碟子，趁熱撒上胡椒粉和鹽末，淋上醬油，如果愛吃辣，還可以蘸些紅通通的辣油。臭豆腐就是一種漂亮可口的美食，看着也是會叫人垂涎欲滴的。

以上的例子，是將普通的豆腐和臭豆腐作比較，然後從視覺、嗅覺和味覺等不同的角度，說明臭豆腐「聞起來很臭，吃起來非常美味」的特點。

佳作示例

奇妙的仿生學

仿生學，就是指模仿生物的某些特點、現象，轉化和應用到人類的生活上。在科學技術不斷向前發展的今天，仿生學能幫助人類在各方面促進功效。

那麼，仿生學的原理是怎麼樣的呢？

其實，這並不複雜，現在可以舉出幾個例子，再作出比較，就很容易令人明白的了。

比如人類只有兩隻眼睛，但我們不時會見到的蒼蠅，牠的眼睛是由三千多個小眼睛組成的，叫做「複眼」。科學家仿照牠的複眼結構，研究和製造出蠅眼照相機，一次就可以拍出千百張同樣的照片，還可用

將人類和蒼蠅的眼睛作比較，說明蒼蠅眼睛的特點。

來拍攝電影的特技場面，大大提高了功效和質素。

又比如青蛙的眼睛也很特別，牠只能看到會動的東西。人們仿照牠的眼睛結構，造成了電子蛙眼，配合雷達系統來使用，例如在機場用來監測飛機的升降。

另外的一個例子，就是眼鏡蛇。牠的視力幾近於無，但是，嗅覺卻非常靈敏，要比人類的嗅覺靈敏度高一千二百倍。眼鏡蛇正是依靠嗅覺來探測別人方位的，凡是有生命的物體，或是有溫度的東西，都會被牠發現。據此，科學家發明了熱成像技術，它不僅在軍事上有巨大的貢獻，還有一個很重要的應用，就是可以用作診斷疾病，也可以用於地質調查、地熱探查、森林植被分布、大氣與海洋監察、火災的發現與救援等。熱像儀還可以幫助救援人員發現那些被濃煙和黑暗隱蔽着的受災者，令他們及時獲救。

將人類和眼鏡蛇的眼睛作比較，說明眼鏡蛇的嗅覺非常靈敏的特點。

以上所舉的例子，就是仿生學的奇妙原理和功能，在科技不斷進步的當今世界，會越來越廣泛地應用在不同方面。

寫作小貼士

作者用比較說明的手法，解釋仿生學的原理，將讀者從比較熟悉的動物，帶入仿生學的科學世界，又以不同的例子，講出仿生學是如何模仿某種動物身體器官結構的，突出其最大特點。

好詞佳句摘錄

 好詞

- **一覽無餘**：一眼望過去就看得很清楚，沒有遺漏。
- **一鳴驚人**：比喻平時沒有特別的表現，一做起事來就讓人驚訝、佩服。
- **垂涎欲滴**：形容貪嘴想吃的樣子。

佳句

- 普通的豆腐聞起來是有一種清新的豆漿味，吃起來也是清淡如水的。臭豆腐卻是經過特別的醬料發酵醃製的，聞起來臭烘烘，吃起來味道卻非常特別，油而不膩，鹹中帶甜，口感一流。

- 黃澄澄的臭豆腐在油鍋裏來回翻動，不時地發出「滋滋滋滋」的聲音，好像在一邊盡情地跳舞，一邊快樂地唱歌。

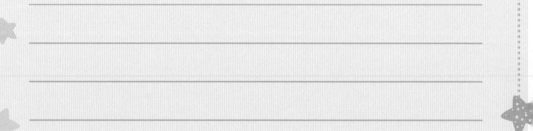

寫作小練習

用比較說明的方法，寫出蔥和蒜這兩種蔬菜的特點。

_____

_____

_____

_____

拜訪藝術殿堂

　　這一天，劉明華的爸爸訂了西九戲曲中心大劇院上演的多劇種折子戲專場，請大家去觀看。

　　「太好了！我們這次可以願望成真啦！」

　　李朗月興奮地拍手說。

　　「我們正好趁着這個機會，好好地看一下西九戲曲中心這個特別建築的內部情況。」

　　李朗日也嚮往地說。

　　「那我們早一些去，可以參加那裏的導賞團，有專人講解，會幫助我們看得更加清楚、明白。」

　　劉明華的媽媽提議。

　　於是，他們高高興興地早早出發了。

　　到了戲曲中心，原來有許多遊客參加這一節導賞團，他們也及時地加入其中。

　　導賞員帶領着大家，在戲曲中心的主要設施中遊

走，再配合各種各樣的多媒體器材，沿途講解戲曲及中國文化的有趣知識。

她告訴大家，戲曲中心是西九文化區首個落成的表演藝術場地，位處廣東道和柯士甸道交界。戲曲中心的設計獨特，樓高八層的空間，包括了大劇院、茶館劇場、專業排演室、演講廳、中庭等，成為一所專注戲曲製作、教育及研究的表演藝術中心。

最特別的是戲曲中心正中央的大劇院採用懸浮式設計，騰出寬敞的中庭空間，作為公共休憩、會議、活動和慶典的都市舞台。這樣的設計還可以分隔港鐵柯士甸站及鄰近兩條主要道路帶來的噪音。

而茶館劇場就重現了二十世紀初期的茶館文化，那時戲曲藝術在民間普及，人們相約知己好友入場，一邊品茶，淺嘗一盅兩件，一邊細細品味戲劇的美樂妙韻。

導賞員還講到我國的戲曲，歷史源遠流長，文化底蘊深厚，從演員的唱唸做打、四大行當、化妝服飾，到舞台上的一桌兩椅，都有傳統藝術的講究和樂趣。

導賞活動結束後，他們在餐廳吃了些簡單的食物。

生 Sheng

旦 Dan

淨 jing

丑 Chou

「這一次真是大開眼界，大長知識啦！」

李朗月說。

「好戲還在後頭呢，我們要看大劇院的折子戲演出啊。」

劉明華說。

「很好啊！不過，什麼叫做折子戲呢？」

李朗日問。

「就是一齣戲的其中一場，或是一個片段。」

劉明華的媽媽說。

「我們今晚要看的折子戲專場，是由多位中國戲劇殿堂級的著名演員主演的，包括了京劇、崑劇、越劇及廣東粵劇等等幾個劇種。」

劉明華的爸爸說。

「那必定會很精彩！我回去也要寫一篇介紹中國戲劇的說明文。」

李朗月情緒高漲地說。

「那很好，這一次，你們可以嘗試學習用分類說明的方法去寫作。」

劉明華的媽媽說。

「分類說明？是怎麼樣的寫作方法呢？」

劉明華問。

於是，他的媽媽對這種說明文的寫作方法，進一步作出了解釋。

分類說明

分類說明，就是根據事物的性質、功能等一定標準，分門別類，然後一類一類地加以說明。

這個方法的好處，是能把複雜的事物條理分明地解說清楚，有助讀者掌握說明對象的特徵、功能等等。

例如：

中國的戲曲表演藝術 (節選)

戲曲是具有中國民族特色的表演藝術形式，歷史悠久，風格獨特。在長期的發展中，出現了很多品種，這些品種被稱為「劇種」。各個劇種除了以歌舞演繹故事的共同特徵外，由於所處的地理環境、民俗習慣、文化傳統的不同，又具有自身的特點，使中國戲曲呈現百花齊放的局面。區分戲曲劇種的主要標誌是方言語音和音樂，例如分為京劇、滬劇、潮劇、黃梅戲、粵劇等。

京劇是中國戲曲中影響最大的一個劇種，它在清代後期形成於北京，因地域而得名。二十世紀三十年代，京劇已譽滿中外，出現了眾多著名演員，如梅蘭芳、尚小雲、程硯秋、荀慧生等，這四位演員被譽為「四大名旦」。這些名家對京劇藝術的唱腔、劇目都有巨大貢獻，他們在長期的演出實踐中逐漸形成了自己的流派，並傳之後世。

多年前，美國太空監察器攜帶錄有崑曲的鐳射碟上太空。2001 年 5 月，聯合國教科文組織在巴黎總部公布首屆非物質文化遺產名單。中國崑曲是當時唯一被國際評審委員會一致通過，並且授予代表作榮譽稱號的藝術，令崑曲進一步得到世界認同。

滬劇是上海的地方戲曲劇種……

以上內容就是以分類說明的方法，告訴讀者中國戲曲戲劇表演藝術，有不同的「劇種」，而這些「劇種」又是用什麼方式來界定。

 佳作示例

觀鯨記

去年暑假，我跟媽媽去美國探親。有一天，我們去聖地牙哥的水上樂園看鯨。

原來「鯨」跟「魚」不同，鯨是生活在海洋中的哺乳動物。有的身體很大，最大的體長可以有三十米哩。

我看到的鯨，體形像魚，頭部很大，眼睛卻很小，牠的前肢呈鰭狀，後肢就完全退化了。牠的背上也有鰭，鼻孔就開在頭頂上。一般以浮游生物和魚類為食物。

不少人誤以為鯨屬於魚類，但實際上他們是水棲哺乳動物，並非魚類。在世界上的各大海洋都有牠們的蹤影。

在廣大遼闊的海洋世界中出沒的鯨，大約分為兩大類：

一是齒鯨類，牠們是有牙齒的海洋巨獸，比如抹香鯨、逆戟鯨、海豚和鼠海豚等。

二是鬚鯨類，就是有鬍鬚的鯨。牠們嘴裏的鬍鬚是折角形齒片，代替了牙齒，可以用來過濾海水、捕捉蝦及其他小型海洋生物來吃。座頭鯨、灰鯨，以及世界上體形最龐大的動物藍鯨，都屬於鬚鯨類。

鯨和魚的最大分別是鯨為胎生哺乳動物，年幼的鯨要吃一年的母乳才能發育成熟。而魚類則是卵生的脊椎動物。鯨的「鰭」其實是由四肢演化而來的。而魚類則不是。鯨用肺呼吸，魚用腮呼吸。鯨是恒溫動物，而魚是變溫動物。

通過這一次觀鯨，我學到了不少海洋生物的知識，收穫豐富，眼界大開。

分類說明鯨的種類和特點。

分類說明鯨和魚的分別。

寫作小貼士

用分類說明的寫作方法，從形體、器官、生育各個方面清清楚楚地說明鯨類和魚類的分別，又具體地指出鯨的兩種不同類型的界定，令讀者能詳細地了解有關方面的海洋生物知識。

好詞佳句摘錄

好詞

- **百花齊放**：形容各種花朵一齊盛放，茂盛的樣子。也比喻不同風格、形式的藝術或思想蓬勃發展。

- **眼界大開**：大大地增長知識。

佳句

- 各個劇種除了以歌舞演繹故事的共同特徵外，由於所處的地理環境、民俗習慣、文化傳統的不同，又具有自身的特點，使中國戲曲呈現百花齊放的局面。

- 通過這一次觀鯨，我學到了不少海洋生物的知識，收穫豐富，眼界大開。

寫作小練習

用分類說明的方法，寫出你觀看過的體育運動會比賽項目。
（提示：體育運動會包括奧林匹克運動會、學校陸運會或水運會等。）

小學生必學的說明文寫作

11 星光大道的
小「粉絲」

翌日，吃早餐的時候，李朗月說：

「姑丈，姑媽，謝謝你們，昨天晚上的折子戲真是太好看，太精彩了，特別是粵劇折子戲《唐宮香夢證前盟·頌牡丹》，大唐天子李隆基和美麗的楊貴妃，在春天時一起到沉香亭賞牡丹花，又叫大詩人李白來作詩助興，真是太浪漫、太美好啦。我看了都想學唱大戲啊！」

劉明華的爸爸笑着說：

「哈哈！你這小傢伙原來真的很懂得看大戲哩！我贊成你有機會去學一下，香港也有不少粵劇小演員，是中小學生參加培訓練成的。」

李朗日說：

「我也喜歡香港的電影，李小龍、周潤發都很『有型』，還是舉世聞名的呢！聽說尖沙咀的星光大

道最近重新修建了，我們什麼時候可以去那裏看看呢？」

劉明華的媽媽說：

「那還不是很容易的事嘛，我們今天就可以看。」

「好啊！」

李朗日、李朗月和劉明華一齊叫起來。

當天下午，劉明華的媽媽帶領他們，來到了尖沙咀的海旁。

這裏有一座高高的、經歷過百多年風雨滄桑的地標式建築大鐘樓。

「你們知道嗎？這個鐘樓在 1990 年被列為法定古跡。」

劉明華說。

「真的嗎？太厲害了！」

李朗月說着，拿出手機要拍照。

「是真的。它的正式名字是前九廣鐵路鐘樓，原來屬於九廣鐵路舊尖沙咀火車站的一部分，在 1915 年已建成。它從 1922 年開始，天天為香港市民報時。

除了在日軍侵佔香港時期，曾經暫時停止運作外，由
1945 年 10 月 2 日起，大鐘報時直至今天還在運行。」

　　劉明華的媽媽說。

　　「實在是了不起啊！」

　　李朗日豎起拇指說，跟着也要拍照，
但是被一大羣走過來的遊客擋住了鏡頭。

　　「哎呀，這裏的人真多！」

李朗月叫了起來。

「是啊，這裏是旅遊的黃金地帶嘛。你們拍照，要耐心等待一下。來，你們都準備好，站在一起，我來幫你們拍。」

劉明華的媽媽說。

就這樣，過了一會兒，他們才拍完和大鐘樓的合照，再繼續沿着海邊向東面走。

一路上入目的風景非常美麗，可以盡情遠眺對面的香港島、太平山上下，以及由灣仔會議展覽中心、中環大會堂、摩天輪、國際金融中心大廈等建築物組成宏偉壯觀的景象，海面上波光粼粼，不時有各種渡輪駛過。而在這附近，還有天星渡輪碼頭、大型購物商場海港城、舊水警總部活化商場 1881、富麗堂皇的半島酒店……等等，難怪這裏會成為旅遊的黃金地帶，觸目所見，都是遊人如織。

他們一路上經過文化中心、太空館、藝術館，驀然，一片綠油油的樹蔭出現在眼前，只見有一個設計相當雅致的「花見亭」，也就是一座扇形的涼亭。

「咦呀，這裏的環境真優美……」

李朗月一句話未說完，李朗日已經跑了起來，一直跑到一個銅像旁邊，擺出一個打功夫的姿勢，口中「嘿！嘿！嘿！」地叫着。

　　「哈！李小龍！」

　　劉明華也笑着跑向李朗日和李小龍的銅像。

　　「啊！你們都是李小龍的『粉絲』，我就最中意他！」

　　李朗月說着，奔向另一個銅像，嘴裏還得意洋洋地哼唱起那首有趣的歌：

「故事含道理，

得意又笑死，

……

仲（還）有最靚嘅（美的）豬腩肉，

仲有最靚嘅豬腩肉，

……」

　　原來她喜歡卡通小豬麥兜，劉明華的媽媽忍不住
「噗哧」地笑了，也走過去為大家和電影明星合照。

　　「喲！你們看看，這些手印多麼特別，全是香港
電影明星的！」

　　李朗月指着海邊的圍欄説。

　　「當然啦！這裏叫做星光大道呀！過百個香港明
星都來打過手印的。」

　　劉明華説。

　　「這裏的圍欄設計也別出心裁的呢！」

　　李朗日也俯身看着説。

　　圍欄呈波浪形，上面布滿香港電影明星的手印。

「是的。這是由世界有名的設計師，聯同我們香港的設計師一起創作打造的，2019 年用全新的面貌與市民和遊客再次見面。你們看，那個電影金像獎女神的銅像，是不是給人一種煥然一新的感覺呢？」

劉明華的媽媽說。

「真的呀，姑媽，我看她變得更加漂亮了！」

李朗月點頭說。

「還有，你們看看那邊的流水階梯，是有光影流動的特別設計，而且是同李小龍截拳道的『水之哲學』，還有梅艷芳的經典金曲《似水流年》互相呼應的。」

劉明華的媽媽説。

「噫，果然是這樣，很有意思啊！」

李朗日立刻走近流水階梯來欣賞。

他們就這樣在星光大道徘徊着、欣賞着，直到太陽西下，華燈初上，還捨不得離開。

「喲，你們都在這裏逗留了很長時間，看來真是對香港的電影情有獨鍾呢！」

剛剛下班的劉明華爸爸，走過來和他們會合，滿臉笑容地對李朗月、李朗日和劉明華説。

「是啊！我一直都喜歡看香港電影，尤其是李小龍的英雄武打動作片。」

李朗日擺起架勢説。

「嗯，這也似模似樣、有威有勢的，好！」

劉明華的爸爸豎起拇指稱讚。

「我就很喜歡這裏，很喜歡所有在這裏留下手印的香港電影明星！」

李朗月急忙表白。

「嘻嘻，我還以為你只是會喜歡豬腩肉的哩。」

劉明華逗她説。

「你以為啦，才不是呢。我準備回去寫一寫香港電影和明星的說明文。」

李朗月一本正經地說。

「我都想寫。但恐怕要寫的資料太多，不知道應該怎麼處理才好。」

李朗日說，神情也變得認真、嚴肅起來。

「這是關乎說明文的結構問題。」

劉明華的媽媽說。

「說明文的結構？媽媽，你可以給我們好好地講一下嗎？」

劉明華問。

「當然可以，這也是你們必須掌握的寫作技巧。」

他的媽媽說。

「不如我們現在就去文化中心上面的餐廳吃飯，再慢慢地談吧。」

劉明華的爸爸提議。

於是，他們一起向着燈光通明的文化中心走過去。

說明文的結構

　　為了說明事理、解釋事物，說明文的結構通常會以認識客觀事物的過程——從現象到本質，由一般到特殊，由簡到繁，由近到遠，由表及裏等等來安排，進行總述和分述。而總述和分述的關係，不僅存在於句與句之間，也存在於段與段之間。

　　說明的結構一般分為總述、分述、總結，適當安排說明層次，能使文章條理井然，讀者更容易全面掌握說明對象的特點。

　　說明文的寫作結構，有以下三種基本形式：

1. 先總述，後分述

　　先總述、後分述的結構，也叫「總分式」，就是將說明的內容先總述，後分述。開頭用簡練而能吸引讀者的語言介紹事物概況，先給人以總體的印象。接着，按次序和類別等，具體地說明、介紹。

 佳作示例 1

垃圾分類處理可再造

　　星期天，吃完早餐之後，媽媽讓我把舊報紙、牛奶盒、汽水罐等垃圾，拿到屋邨的分類垃圾站去分開丟棄。

一直以來，垃圾是大部分人眼中的廢料和污染物，毫無價值，為什麼還要分類處理？

總述：垃圾可以分類和循環再造。

　　現時科學發展和環保意識不斷向前推進，將日常生活的垃圾科學地分類、回收，再利用先進的技術進行適當的處理，它們是可以循環再造，重新變為可用之物的。

　　比如牛奶盒是由紙、鋁箔和聚乙烯塑膠等材料複合製成的，回收以後會再投入機器設備進行粉碎，變為漿料，然後分離出紙漿、塑膠和鋁粉。

分述：具體說明牛奶盒的製造材料，以及可再造出哪些物品。

　　紙漿可以製成再生環保紙，經過不同程度的加工之後，造成筆記本、紙袋、硬紙包裝箱、衛生紙、雞蛋盒等等。

　　而分離出來的塑膠，可以加工成塑膠米，經過專業技術處理之後，還可以製成家具、地板、生活用品和工業用料等。

　　至於分離出來的鋁粉，經過再加工，可以製成汽車零件、鋁合金門窗等等。

寫作小貼士

　　上述文章是「先總述，後分述」的結構。作者在文章中首先指出，垃圾一向是人們眼中的廢物，但將垃圾分類處理可循環再造。然後以牛奶盒為例，具體說明回收後循環再造的步驟，以及可再造出哪些物品。

　　另外，在牛奶盒的例子裏面，也用了「先總述，後分述」。先是從整體介紹牛奶盒的製造材料，以及回收後可分出哪些材料。然後，按類說明這些材料經加工後的用途。

2. 先分述，後總述

先分述，後總述，又叫「分總式」，就是先分類述說各種事物及內容，然後再總述其重點和要點。

佳作示例 2

香港的離島

我們一家人每逢周末或節假日，都會到離島旅行。去年暑假，我們就去了坪洲。它是位於大嶼山愉景灣東南的島嶼，全島面積有零點九九平方公里。它的外形，就好像是一個「凹」字，凹下去的地方是東灣。南、北面分別稱為南灣和北灣。東北方的盡頭有「釣魚石」。全島最高點是手指山，海拔九十五米，在那裏可以遠眺香港迪士尼樂園及愉景灣。而坪洲的商舖，就集中在碼頭一帶。

今年的新年假期，我們去了長洲。這裏位於大嶼山東南方，距離香港島西南約十公里，屬於連島沙洲。它的北面是喜靈洲，西南方有石鼓洲。我們熟知長洲的名字，大多是因為每年一度的太平清醮、飄色巡遊、搶包山等傳統節日活動。而香港第一個奧運金牌的得主，有「風帆之后」稱譽的李麗珊，正是「長洲的女兒」。長洲島上還有不少觀光名勝，例如傳說中的張保仔洞、北帝廟和長洲石刻等。在渡輪碼頭沿岸一帶，海鮮食肆林立，還有不少青年旅舍、度假屋和酒店，周末及假期期間，不時可見遊人的蹤影。

分述：分別介紹幾個離島的情況，包括坪洲，長洲和南丫島。

上一個周末，我們去了南丫島玩。它位於香港之南，形狀像漢字的「丫」，因此得名為南丫島，它的面積大約有十三點八五平方公里，是全香港第四大島嶼，僅次大嶼山、香港島及赤鱲角。全島大部分都是山地，最高點是在南面的山地塘，在西北面的榕樹灣和東面的索罟灣有一些平地。西北部還有一個人工填海區——波羅咀，這裏有南丫發電廠，是 1990 年由香港電燈有限公司建立的。島上有許多富有特色的西式茶座和餐廳，橫街窄巷的村屋也充滿了異國風情。另外，這裏還有清朝時期建立起來的鹿洲天后廟、天后宮廟等古跡。

我的爸爸告訴我，離島區是香港十八區之中面積最大的一區，面積佔了全香港的百分之十六；主要包括香港南面及西南面多個離島，其中包括香港面積最大的島嶼大嶼山的大部分。香港有部分的島嶼雖然偏遠，但是風景優美，別有洞天，吸引不少市民和遊客特意到那裏賞景和品嘗海鮮。在中環、三家村、馬料水、屯門、黃石等地的碼頭，都會有渡輪或街渡前往；而大嶼山現在也可以從陸路或鐵路直達。目前在香港的地域之內，有二百六十三個的島嶼，不過，離島區只包括香港南面及西南面的二十多個島嶼，其他島嶼就歸屬於鄰近的區所管理。

總述：整體講述香港離島的情況。

寫作小貼士

這篇文章的結構是「先分述，後總述」，由各個離島的情況介紹開始寫起，包括坪洲、長洲和南丫島，最後總括説明離島區及全香港現有二百多個離島的狀況。

3. 先總述，再分述，最後總述

先總述，再分述，最後總述，又叫「總分總式」，就是先總述內容，然後分述解釋，最後再總結。

 佳作示例 3

我愛香港電影

你們喜歡看香港電影嗎？

我從很小的時候，就愛看香港的電影了。

香港的電影，題材多樣化，既有緊張刺激的警匪片，又有傳奇浪漫的武俠片，還有風趣幽默的喜劇片，以及反映現實的故事片，令人百看不厭。

香港電影資料館位於香港島西灣河，是保存、修復及展覽香港電影及相關資料的博物館。這裏有豐富而珍貴的館藏，所以被《時代雜誌》形容為香港以及亞洲最偉大的視覺藝術寶藏。

根據香港電影資料館的資料顯示，有華人的地方就有「港產片」（香港電影），多年來香港都有「中國夢工場」、「東方荷里活」的美好聲譽，並且被認為是全球華人社會中最重要的「電影天堂」。

總述：人們對香港電影的整體評價。

在香港電影資料館中，收藏了很多在香港電影歷史上有貢獻的電影導演和演員的資料。它的網頁更特別設立「香港影人小傳檢索」，從中可以看到香港電影工作者的詳盡介紹。比如：

李翰祥（1926 年 4 月 18 日 —1996 年 12 月 17 日），導演、編劇，出生於奉天省錦西縣（今遼寧省葫蘆島市）。1947 年來香港，曾任特約演員、美術、配音、副導演等不同崗位。1956 年完成首部獨立執導的影片《雪裏紅》，接着先後為邵氏父子有限公司及邵氏兄弟（香港）有限公司執導了《貂蟬》（1958）、《江山美人》（1959）、《梁山伯與祝英台》（1963）等黃梅調電影，帶動了黃梅調電影潮流，並相繼為他帶來亞洲電影節最佳導演的榮譽，其中《梁祝》更獲得第二屆台灣金馬獎的最佳導演獎。他執導的《後門》（1960），獲得第七屆亞洲電影節最佳導演獎……

　　胡金銓（1931 年 4 月 29 日 —1997 年 1 月 14 日），導演、演員，河北永年縣人，北京出生。1949 年隻身來香港，做過校對和繪畫海報、廣告牌等工作。他首部執導的電影是黃梅調片《玉堂春》（1964）。其後自編自導了《大地兒女》（1965），並憑此片獲得四屆台灣金馬獎最佳編劇獎。其後他執導了第二作《大醉俠》（1966），結果賣座鼎盛，邵氏更宣傳其為「開創中國新派武俠紀元」之作。他執導的聯邦公司創業作《龍門客棧》（1968）在香港、台灣都極之賣座，並獲得第六屆金馬獎最佳編劇獎。胡接着執導了技藝出眾的《俠女》（1971），此片獲 1975 法國康城電影節的高等技術委員會大獎。英國《國際電影指南》更於 1978 年把他列為世界五大導演之一……

　　鄒文懷（1927 年 —2018 年 10 月 30 日），出品人、監製。原名鄒定鑫，廣東省大埔縣人，生於香港。十三歲赴上海入讀聖約翰青年中學（即聖約翰大學附屬中學），再升讀聖約翰大學新聞系。1949 年返港後，

分述：具體介紹幾位對香港電影有貢獻、影響大的電影工作者。

到英文《虎報》任職校對及政治記者，是當時少數可操流利上海話、國語及英語的新聞工作者。1951 年加入美國新聞處，主理《美國之音》廣播節目。1958 年到邵氏兄弟 (香港) 有限公司任職宣傳主任。1968 年升為副總經理及製片主任，長期主持宣傳及製片，是邵逸夫的得力助手。1970 年創辦嘉禾電影（香港）有限公司，邀請從美國回港的李小龍演出《唐山大兄》（1971）、《精武門》（1972）等片，均打破香港票房紀錄，亦奠定嘉禾在電影界的地位，之後更跟美國華納兄弟公司合作拍攝《龍爭虎鬥》（1973）。1975 年於美國荷里活成立製片部，1980 年獲全美戲院商聯會選為國際傑出製片人，後來投資拍攝的功夫特技西片《忍者龜》（*Teenage Mutant Ninja Turtles, 1990*），更在全球創下票房佳績⋯⋯

　　看了許多這樣的資料，我對香港的電影和電影工作者有了進一步的了解和認識。知道了所有的香港電影工作者，無論是幕前還是在幕後，都是很有創意和熱愛電影事業的。而且，他們在不同的崗位上同心協力，積極發揮，共同創出了香港電影不同時期發展的最佳成績。直至今日，也是我們有目共睹的。

總述：總結香港電影有優秀成績的原因。

寫作小貼士

　　這篇文章運用了「先總述，再分述，最後總述」的結構，介紹香港電影的歷史發展，並且總結出這是與香港電影工作者之間的共同協力和創意貢獻分不開的。

　　當中也有穿插引用說明和舉例說明的方法，令全文有條有理，層次分明，並且具有一定的說服力。

好詞佳句摘錄

 好詞

- **波光粼粼**：波光閃動的樣子。
- **遊人如織**：形容遊人眾多，像織布的線一樣密密麻麻。也有「遊人如鯽」的說法，形容遊人多得像河中密集的鯽魚。
- **林立**：像樹林一樣密集地豎立着，形容數量眾多。

佳句

- 香港有部分的島嶼雖然偏遠，但是風景優美，別有洞天，吸引不少市民和遊客特意到那裏賞景和品嘗海鮮。

寫作小練習

　　試以香港為主題，用「先總述，再分述，最後總述」的結構形式，寫一篇說明文。（提示：可以介紹香港的交通、食物、歷史、建築物等等。）

_____

_____

_____

_____

12 越過港珠澳大橋

　　劉明華的媽媽帶領着劉明華、李朗月、李朗日，經過一連串多方面、多層次的觀光遊覽活動，同時也進行邊學邊寫的練習，這一個寒假很快就要結束了。

　　這一天，劉明華的爸爸要去珠海，參加周末舉行的一個大灣區合作工程會議，劉明華的媽媽準備開車越過新建的港珠澳大橋，把他送過去，也順便把李朗日、李朗月兄妹送過境，讓他們的爸爸媽媽接回家。

　　雖然，劉明華很不捨得表弟李朗日和表妹李朗月，他們也捨不得表哥一家和香港，但寒假馬上就要結束，彼此終須一別，而且，他們對從未去過的港珠澳大橋，也有極大的興趣，於是，大家便按時上車出發了。

　　天氣很晴朗，也不怎麼冷。汽車轉眼間就開到了東涌的港珠澳大橋香港口岸。

只見一條長長的大橋，就像巨龍似的橫臥在藍藍的大海上，氣勢如虹，非常壯觀。

　　「嘩！好大好長的大橋啊！」

　　幾個小學生歡呼起來。

　　「你們馬上就要越過這個被稱為『新七大奇跡』之一的港珠澳大橋啦！知不知道它有多長呢？」

　　劉明華的爸爸問。

　　「我上網看過，有五十五公里長，橫跨珠江口伶仃洋，把香港和珠海、澳門連接起來。」

　　劉明華説。

　　「你答對了。其實這條大橋開通，不單止連貫了香港、澳門和珠海三地，還令中山、江門、佛山、肇慶、陽江等各地加多了交通的選擇，便利又快捷。」

　　他的爸爸説。

　　「我們從這裏也可以坐車過橋往來廣州和香港啦，多麼好！」

　　李朗日説。

　　「就是啊，所以有人説，廣深港高鐵向北，港珠澳大橋向西，這兩個大型基礎設施，就好像兩條臂

膀，環抱着香港。不過，港珠澳大橋是客貨兩運，而廣深港高鐵只是客運。」

劉明華的媽媽説。

「這麼説，我們乘高鐵來，再從港珠澳大橋離開，是親身被這兩條臂膀擁抱過了，好幸福呀！」

李朗月笑嘻嘻地説。

「你這小丫頭，真是伶牙俐齒的，哈哈！」

劉明華的爸爸説，忍不住笑了起來。

「朗月講得很好，幸福，幸福，我們的確都是很

幸福的呀，哈哈！」

劉明華的媽媽也笑着說。

「哈哈哈！」

大家都笑了。

「快看看！這大橋上的風景真是一流，天空和大海都是一樣的顏色！還有很多載滿了人的金燦燦的旅遊巴士，開過來、開過去的，真好看！」

趴着車窗向外看的劉明華發出了驚歎。

李朗日和李朗月兄妹倆聽到了，也急忙學習他的

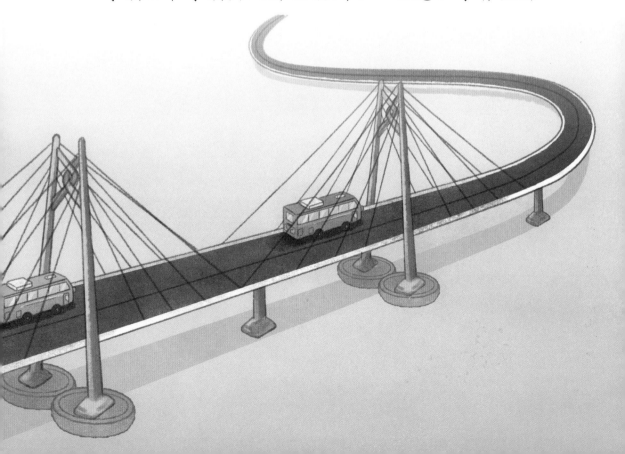

樣子，都趴在車窗上向車外看，也是同樣的看得滿心歡喜，目不暇給。

一會兒，汽車進入了橋底隧道，這裏又是另一番景象和感覺。

劉明華的爸爸告訴大家，這一條是目前最深的大橋海底沉管隧道，在海平面以下十三至四十八米，全長六點七公里，由三十三節鋼筋混凝土沉管管節，以及一個光學混凝土接頭組成，難度就如同航天器交會差不多。

他們一路上看着、談着，不知不覺，就已經到達了劉明華爸爸要開會的酒店。

他們下了車，步入酒店的大堂。

只見有人向他們招着手，走過來。

原來是李朗日和李朗月的爸爸和媽媽，他們早就已經來了，在大堂等待着大家。

「爸爸！媽媽！」

「舅父！舅母！」

幾個「小學雞」清脆響亮地呼喚着。

開開心心的兩家人走到了一起，互相熱情地握

手，擁抱，又親切地交談，歡聲笑語，不斷響起。

接着，劉明華的爸爸、媽媽，和李朗日、李朗月的爸爸、媽媽，又互相贈送禮物。末了，李朗月眨眨眼睛，故作神秘地說：

「爸爸，媽媽，你們知道嗎？這一個寒假，表哥全家送了一份有史以來最好、最寶貴的禮物給我和哥哥，我們馬上就要轉送給你們了。」

她的媽媽瞪大眼睛，好奇地望着她說：

「你說的是什麼呀？淘氣的小丫頭？」

李朗月即刻舉起平板電腦說：

「我的媽呀，我說的是——這個，我們最棒的寒假禮物，都在這裏頭！」

她的媽媽還是不明白，問：

「什麼？什麼？有史以來的什麼呀？你講清楚一點好嗎？」

李朗日忍不住了，打開自己的平板電腦，說：

「我知道，我來告訴你吧。妹妹她說的，就是姑媽在這個寒假指導我們寫的說明文，全在這裏面了，可以說是我們這個寒假得到的最有價值、最有意義的

大禮物！」

「好！這麼貴重的禮物，我們收下了，還要好好地多謝你們的姑媽和姑丈，還有小表哥。你們回去更要繼續努力，才能作出回報喔！」

李朗月和李朗日的爸爸說。

「是！遵令！」

李朗月調皮地對她的爸爸、媽媽敬了個禮，又轉身向劉明華和他的爸爸、媽媽深深地一鞠躬，說：

「多謝姑丈、姑媽、表哥教導之恩！」

大家都被她惹得放聲大笑起來。